ほんとうの自分

ミラン・クンデラ
西永良成 訳

ほんとうの自分

1

たまたまふたりが案内書で見つけた、ノルマンディー海岸の小さな町のホテル。シャンタルはひとりで一夜を過ごすために金曜の晩に着いた。一緒にこなかったジャン＝マルクとは、土曜の昼ごろに落ちあうことになっていた。彼女は小さなスーツケースを部屋に置いて外出し、しばらく見知らぬ道を散歩してから、ホテルのレストランにもどった。七時半、食堂はまだがら空きだった。彼女はだれかが気づいてくれるのを期待して、ひとつのテーブルにすわった。向こう側の、厨房（ちゅうぼう）のドアのそばでは、ふたりのウェートレスが議論の真っ最中だった。シャンタルは大きな声を出すのが嫌なので立ちあがり、食堂を横切ってウェートレスたちのそばに立ちどまった。しかし、ふたりは話題に熱中しすぎていた。「そうなの、もう十年になるわ。あたし、あのひとたちを知っているのよ。恐ろしい話だわ。それに、跡形ひとつないんですって。なにひとつ。テレビで言っていたわ」。もうひとりが、「いったい、なにがあったのかしら？　――そんなこと、想像もできない。ぞっとするのはそのことなのよ。――殺人？　――周辺はすべて捜索されたわ。――誘拐？　――でも、だれが？　それになんで？　彼は金持ちじゃないし、地位だってなかったのよ。あのひとたち、テレビに映っていたわ。子供たちに奥さん。どうにもやりきれなかった。わかる、あんた？」

やっとふたりが彼女に気づき、年上のほうのウェートレスが振り向いた。「消息不明者のテレビ番組、ご存じでしょう。《行方不明》って番組。

――ええ、とシャンタルが言った。

――ブルディユ家に起こったこと、きっとご覧になったでしょう。彼ら、ここのひとたちなんですよ。

――ええ、痛ましい話ですね」と、シャンタルはどうしたら悲劇についての議論をつまらぬ食事の問題のほうに向けてよいのかわからずに言った。

「夕食を召しあがりたいんでしょう、ともうひとりのウェートレスがやっと言った。

――ええ。

――給仕頭を呼んできます。おかけになってください」

年上のほうがさらにつけくわえた。「わかるでしょう、あなたの好きなひとがいなくなったのに、そのひとになにが起こったのか皆目見当がつかない！　気が変になってしまいそうですよ！」

シャンタルは自分のテーブルにもどった。五分ほどして給仕頭がやってきたので、ごく簡単な冷たい食事を注文した。彼女はひとりで食事するのが好きではない。ああ、ほんとうに嫌いなのだ、ひとりで食事するのは！

彼女は皿のハムを切るが、ウェートレスたちによって軌道に乗せられた考えをとどめられなかった。私たちの歩みの一歩一歩が管理、記録され、百貨店ではカメラが監視し、人々がたえず触れ合い、翌日研究者や世論調査員たちに（「あなたはどこでセックスしますか？」「週に何回？」「コンドームをつけて？　それともなしで？」などと）尋ねられずにはセックスもできないこんな世の中で、いったいどうして、だれかが監視を逃れ、跡形もなく消え去るなんてことがあるんだろう？　そう、彼女は《行方不明》という、そのぞっとするようなタイトルの番組をよく知っている。それはどこかよそからの介入によって、テレビがどんな軽薄さをも断念しなくてはならなくなったとでもいうように、その誠実さ、寂しさのために彼女が打ちのめされるような気になる唯一の番組だ。キャスターがひどく重々しい口調で、消息不明者を発見する手掛かりになる証言をお寄せくださいと視聴者に呼びかける。番組の終わりには、すでに放映された番組で話題になった「行方不明者」すべての写真が一枚一枚見せられる。その何人かはもう十一年もまえから見つからないのだという。

彼女はそんなふうに、いつかジャン＝マルクを失ってしまうことを想像する。なにも知らされないまま、すべてを想像しなくてはならなくなるのを。彼女は自殺さえできないだろう。自殺は裏切り、待つことの拒否、忍耐の喪失になってしまうだろうから。結局死ぬまで、彼女は絶え間ない恐怖のなかで生きてゆかなくてはならないだろう。

2

彼女は自分の部屋にあがり、苦心惨憺(さんたん)して眠りにつき、長い夢のあと、真夜中に目覚めた。夢には過去の人々しか出てこなかった。(ずっとまえに死んだ)母親、そしてとりわけ前夫(何年もまえから会っていなかったが、まるで夢の演出家が配役を間違えたかのように、夫は本物と似ていなかった)。夫は横柄でエネルギッシュな姉、それに新しい妻(彼女は一度も会ったことがなかったけれど、それでも夢のなかでは、間違いなく夫の新しい妻だとわかった)と一緒だった。最後に、前夫が曖昧でエロティックな提案をし、彼の新しい妻がシャンタルの口に強くキスをし、唇のあいだに舌を入れようとした。彼女は互いに舐(な)め合う舌にはいつも嫌悪を覚えたものだ。じっさい、彼女はそのキスで目覚めたのだった。

夢によって惹(ひ)きおこされた不快感がとてつもないものだったので、彼女はその理由を解読しようとつとめた。あたしがあれほど動揺したのは、と彼女は思う。夢によって現在の時間が抹殺されたからだ。というのも、あたしが自分の現在に激しく執着しているからで、あたしはなにがあってもこの現在を過去とも未来とも交換しはしない。だからこそ、夢が好きではないのだ。夢は同じひとつの人生のさまざまな時期を平等にしてしまうけど、そんなことはとうてい受け入れられない。それに、人間がかつて生きた一切のものを無理やり均質にして、同じ時代のものにしてしまうし、現在に特権的な立場を認めることを拒んで、現在の価値をさげてしまう。今夜の夢のように、あたしの人生の重要な部分をすっかりなかったことにしてしまう。ジャン＝マルクも、ふたりの共同のアパルトマンも、ふたりが一緒に生活した年月のすべても。その代わりに過去がしゃしゃり出てきた、ずっとまえに訣別したのに、ありふれた性的誘惑という網にあたしを捕らえようとしたあの者たちが。彼女はひとりの女（醜くはなかった、この女優を選ぶとき、夢の演出家は相当うるさかったのだろう）の濡れた唇を口に感じていた。そして、それがなんとも不愉快だったので、真夜中に浴室にいって長々と体を洗い、うがいをした。

3

Ｆはジャン＝マルクのとても旧(ふる)い友人で、高等学校(リセ)時代からの知り合いだった。彼らは同じ意見をもち、なんについても理解し合い、ずっと付き合っていたのだが、数年まえのある日、ジャン＝マルクは突然、最終的に彼が嫌いになり、会うのをやめてしまった。Ｆがひどい病気で、ブラッセルの病院にいるのを知ったときも、彼としては見舞いにゆく気はさらさらなかったのに、どうしてもゆくようにシャンタルに強く勧められた。

旧友を見ると、いたたまれなくなった。彼の記憶にあった旧友はリセ時代のままで、いつも完璧な服装をし、自然な繊細さをそなえたきゃしゃな少年だった。ジャン＝マルクはそんな彼のまえでは、自分を犀(さい)のように感じたものだった。かつてはＦを年齢より若くみせていた繊細で、女のような顔だちが、いまやかえって彼を年齢より老けて見せていた。彼の顔はまるで四千年まえに死んだエジプト王女のミイラの顔みたいに、グロテスクなほど小さく、縮み、皺だらけに見えた。ジャン＝マルクは彼の腕を見ていたが、片方は点滴中で動かず、もう片方は血管に針がさされているのに、自分の言葉を強調しようと大きなジェスチュアをした。Ｆが手振りをするのを見ていると、腕が小さな体に比べてさえも異常に小さい、操り人形の腕みたいにほんとうにごく小さいという印象をずっといだいたものだったが、その日はそんな印象がさらに強くなった。というのも、その子供のような手振りは、彼が言っていることの深刻さにまったくそぐわなかったから。Ｆは医師たちによって蘇生されるまで数日間つづいた自分の昏睡のことを話していた。「きみは死を逃れた人々がそろって口にする、あの証言を知っているだろう。トルストイはある短編でそのことを語っている。トンネルの先には光があるってやつだ。向こうの世界の美しさに引きつけられるという。だが、ぼくは断言する。どんな光もないんだ。そしてもっと悪いことに、どんな無意識もないんだ。すべてがわかり、すべてがきこえる。なのに彼ら、医者たちはそれがわからず、ひとのまえでなんでも話す、きいてはならないことさえも。もうくたばっているとか、脳が死んでいるとか」

彼はしばらく沈黙した。それから、「ぼくは自分の精神が完全に明晰だったと言いたいんじゃない。ぼくにはずっと意識があるのだが、しかしすべてがすこし変形している、ちょうど夢のなかみたいに。ときどき、その夢が悪夢になった。ただ人生では、悪夢はたちまち終わってしまう。きみが叫びだそうとする、すると目覚める。ところが、ぼくのほうは叫ぶことができなかった。それがもっとも恐ろしいことだったね、叫ぶことができないというのが。悪夢の真っ最中に、叫ぶことができないというのが」

彼はふたたび沈黙した。それから、「ぼくは一度も死を怖がったことなんてなかった。いまは、怖い。死のあとでも、ひとは生きているという考えを払いのけられないんだ。死ぬとは、無限の悪夢のなかで生きることだという考えをね。でも、よそう。よそう。別の話をしよう」

病院に着くまえ、ジャン＝マルクはどうせ双方ともふたりの訣別の想い出をごまかせないのだから、きっとFにはなにか、心にもない和解の言葉を言ってやらねばならなくなると思っていた。だが、そんな心配は無駄だった。死の観念が他の話題をすべて取るに足らないものにしてしまったから。Fは別の話にしたがっても、やはり自分の苦しい体のことを話しつづけた。その話はジャン＝マルクを沈鬱にしたが、どんな情愛も心に呼び起こさなかった。

4

彼はほんとうにそんなにも冷淡で、無感覚なのだろうか？　数年まえのある日、Ｆが彼を裏切ったことを知った。ああ、その言葉はあまりにもロマンティックで、きっと大げさだ。どう見ても、その裏切りは手ひどいものではなかったのだ。彼がいないある会議で、みんながジャン＝マルクを攻撃した。そのため、のちに彼はポストを失うことになった（困るには困る失職だったが、彼は仕事をあまり重要視していなかったから、さほど深刻ではなかった）。Ｆはその会議に出席していた。出席していたのに、ジャン＝マルクを擁護するのに一言も発しなかった。あれほど身振り、手振りが好きな彼の小さな腕は、友人のためにどんな些細な動きもしなかった。ジャン＝マルクは思い違いをしたくなかったので、Ｆがほんとうに沈黙していたことを入念に確認した。その完全な確信を得たとき、数分間非常に傷つくのを感じたが、やがてもう二度とＦに会うまいと決意した。するとその直後に、なぜか快活な安堵感にとらえられた。

Fは自分の不幸の数々についての報告を終え、しばらく沈黙したあと突然、小さな王女のミイラみたいなその顔がぱっと明るくなった。「リセでしたぼくらの会話のことを覚えているかい？

——あんまり、とジャン＝マルクが言った。

——きみが娘たちの話をするときは、いつもぼくの先生のように、きみの言うことをきいていたものだったよ」

ジャン＝マルクは思い出そうとしたが、昔の会話のどんな痕跡も記憶のなかに見出せなかった。「十六歳の洟ったれ小僧のぼくが、娘たちについてなにが言えたんだろう？

——娘たちについてなにか言っているきみ、そのまえに立っている自分の姿が、ぼくにはありありと眼に浮かぶね、とFはつづけた。覚えているかい、ひとつの美しい体が分泌物の器官だということが、ぼくにはずっとショックだった。それできみに、娘が洟をかむのを見るのが耐えられないと言ったんだ。いまでもはっきりと眼に浮かんでくるよ、するときみが立ちどまり、じっとぼくを見つめ、妙にわけ知りな、誠実な、断固とした口調でこう言ったんだ。洟をかむ？　娘の眼がどんなふうにまばたきをするか見るだけで、角膜のうえの瞼の動きを見るだけで、ぼくはほとんど抑えきれないほどの嫌悪を感じるんだと。覚えているかい？

——いや、とジャン＝マルクは答えた。

——どうして忘れられるんだ？　瞼の動き、じつに奇怪な考えじゃないか！」

しかし、ジャン＝マルクは真実を言っていた。思い出せないのだ。もっとも彼は、記憶を探ろうとさえしなかった。別のことを考えていたのだ。友情の唯一の、真の存在理由はこれだ。仲間同士の絶え間ない想い出話のなかに、とっくに消え去っていたかもしれない自分の昔の姿を眺めることができる鏡を、相手にもたらすことだと。

「瞼だよ。きみはほんとうに覚えていないのか？

——そうだ」とジャン＝マルクは言い、それから黙って心のなかで思った。じゃあ、きみは、きみが差し出してくれる鏡など、ぼくにはどうだっていいってことを理解したくないのか？

疲労がFにのしかかり、彼は瞼の想い出に疲れ果てたかのように黙り込んだ。

「きみは眠らなくちゃ」と、ジャン＝マルクは言って立ちあがった。

病院を出ると、シャンタルと一緒になりたくてたまらなくなるのを感じた。彼がこれほど疲れ果てていなかったら、すぐに出発したことだろう。ブラッセルに着くまえは、翌朝ホテルでたっぷり朝食をとり、そのあと急がずに落ちついて出発しようと思っていた。しかし、Fと会ったあと、彼は旅行用の眼覚まし時計を五時に合わせた。

5

不快な一夜を過ごして疲れたシャンタルはホテルを出た。海岸方面への路上で、週末の旅行客たちとすれちがった。彼らのグループはいずれも、男が赤ん坊を乗せたベビーカーを押し、女がその横を歩いているという同じ図式を再生していた。男の顔は軟弱で、気づかわしげで、微笑しながらもいくらか困惑し、いつでも子供のほうに身をかがめて洟をかませ、叫び声を鎮めてやろうとしていた。女の顔は無感動で、よそよそしく、うぬぼれ、ときには（なぜか）意地悪そうでさえあった。シャンタルにはその図式がさまざまに変形され、再生されるのが見えた。女の横にいる男がベビーカーを押し、それと同時に赤ん坊を特別の袋に入れて背中にしょっていた。女の横にいる男がベビーカーを押しながら、ひとりの赤ん坊を肩にかつぎ、もうひとりを腹のうえの袋に入れていた。女の横にいる男がベビーカーでなく、ひとりの子供の手を引き、そのうえ三人の子供を背中、腹、肩にのせて運んでいた。そして、男連れでない女が、ベビーカーを押していたが、その女が男のような、見たこともないほどの力強さでベビーカーを押してくるので、同じ歩道を歩いていたシャンタルはぶつかりそうになって、脇に飛びのかねばならなかった。シャンタルは思う、男たちはパパ化してしまったのだと。彼らは父ではなく、パパがせいぜいだ。それはつまり、父親の権威を欠いた父親ということだ。彼女は、赤ん坊を入れたベビーカーを押し、背中と腹にもうふたりの子供を運んでいるパパに言い寄る自分を想像する。店のショーウインドーのまえで妻が立ちどまったすきに、夫に逢引(あいびき)の約束をささやく。彼はどんなふうに反応するだろうか？　子供の樹(き)に変じたその男は、それでも見知らぬ女を振り返ることができるだろうか？　背中と腹にぶらさがった赤ん坊たちは、運び手の調子外れの動きに抗議してわめきだすだろうか？　その考えが滑稽に思え、気分がよくなる。彼女は思う、あたしは男たちがもうけっして振り返ってくれなくなった世界に生きているのだと。

やがて彼女は、何人かの朝の散策者たちにまじって防波堤のうえにいた。干潮で、眼のまえ一キロにわたって砂原が広がっていた。ノルマンディーの海岸にこなくなってからずいぶんになる。だから彼女はそこで流行(はや)っていた活動、すなわち凧(たこ)とランドセーリングのことは知らなかった。凧は恐ろしく硬い骨組みのうえに張られた色物の合成繊維で出来ていて、風のなかに放たれる。人々がそれぞれの手に一本ずつもった二本の糸を使って、さまざまな方向をあたえる。そのため凧は上昇し、下降し、くるくる回って巨大な虻のような物凄い音を立てる。そしてときどき、激突する飛行機のように、鼻から先に落下する。彼女は驚いて、その凧の持ち主が子供でも、青年でもなく、ほとんど全員が大人たちだと確認した。しかも、けっして女はいなくて、いつも男たちなのだ。なるほど、パパたちだ！　子供を連れていないパパたち、まんまと妻から逃げ出してきたパパたち！　彼らは愛人のところに駆け込まずに海岸を駆けまわっていた、遊ぶために！

ふたたび陰険な誘惑という考えが彼女の頭をかすめた。二本の糸を握り、頭をのけぞらせ、自分の玩具の騒々しい飛翔を見守っている男の背後から近づき、もっとも淫猥な言葉で耳元にエロティックな誘いをささやいてやる。男の反応？　どんな疑いもない。男はあたしを見ようともせずに、口笛を吹いて言うだろう。うるさいな、おれは忙しいんだよ！

ああ、いや、男たちはもうけっしてあたしを振り返ってくれないんだ。

彼女はホテルに帰った。ロビーのまえの駐車場にジャン＝マルクの車を認めた。彼女は受付で、すくなくとも三十分まえに彼が着いたのを知った。受付嬢が伝言を渡してくれた。「ぼくは早めに着いた。これからきみを捜しにゆく。J．M．」

「あたしを捜しにいった？　とシャンタルはため息をついた。でも、いったいどこに？

――きっと海岸だろう、とお連れさまはおっしゃっていました」

6

海辺のほうに向かう途中、ジャン＝マルクはバス停の脇を通った。そこにはジーンズにティーシャツ姿の娘ひとりしかいなかった。娘はさして熱心でないが、まるでダンスをしているように、かなり露骨に腰をくねらせていた。娘のごく近くまでくると、あんぐり開いた口が見えた。彼女は長々と、飽きることなく欠伸(あくび)していた。その大きく開いた穴は、体が無意識のうちにダンスをしているためにゆっくりと揺れ動いていた。ジャン＝マルクは思う、彼女はダンスをしながら退屈しているのだと。

彼は防波堤に着いた。海岸のしたのほうには、頭をのけぞらせ、空中に凧を放っている男たちが見えた。彼らはそのことに熱中していたので、ジャン＝マルクはこんな古い持論を思い出した。退屈には三種類ある。受動的な退屈、つまりはダンスをしながら欠伸している娘。積極的な退屈、つまりは凧上げの愛好者たち。それから反抗的な退屈、つまりは車を燃やし、ショーウインドーを壊す若者たち。
海岸のさらに遠くのほうに子供たちがいた。十二人から十四人のあいだぐらいだろうか、色のついた大きなヘルメットを被り、小さな体を折り曲げながら、奇妙な車のまわりに群がっている。金属棒で出来た十字形の前に一輪、後ろに二輪の車輪が固定され、中央の長く低い箱のなかに体を入れて横たわることができる。上方には帆のついたマストがそびえている。どうして子供たちがヘルメットを着けているのか？　きっとこのスポーツが危険だからだろう。でも、とジャン＝マルクは思う、子供たちの操縦する乗り物によって危険にさらされるのは、とりわけ散策者のほうだ。どうして彼らにヘルメットを提供しようとしないのか？　組織されたレジャーを敬遠する者たちは、退屈にたいする共同の大闘争からの脱走者たちなので、配慮してやるにもヘルメットを勧めてやるにも値しないからだ。

彼は海岸に通じる階段を降り、奥まった海のはずれのほうを注意深く見た。はるか彼方でそぞろ歩きしている人影のなかに、なんとかシャンタルを見分けようとし、ついに認めた。彼女は波、ヨット、雲を眺めるために立ちどまったところだった。

彼は指導員に車にすわらせてもらった子供たちのそばを通った。車は円を描きながらゆっくりと動き出した。まわりでは、他の車が何台も猛スピードで走っていた。ロープで操る帆だけで正しい方向が確保され、カーブを切って散策者たちを避けることができるのだが、しかし素人がほんとうにこの帆を制御できるのだろうか？　また乗り物は操縦者の意志に応えうるほど、ほんとうに欠陥がないのだろうか？

　ジャン＝マルクはランドセーリングを眺め、その一台がレーシングカーのようなスピードでシャンタルのほうに向かっているのを確認したとき、顔が引きつった。車にはロケットのなかにいる宇宙飛行士みたいに、ひとりの老人が横たわっていた。老人は水平の体勢になっているから、まえにあるものがなにも見えないのだ！　彼女、シャンタルにはそれを避けるだけの慎重さがあるだろうか？　彼は心のなかで彼女に、あまりにも呑気な彼女の性質に悪態をつきながら足をはやめた。

　彼女は引き返した。しかし、きっとジャン＝マルクが見えなかったのだろう。あいかわらず彼女の歩調はゆっくりしていたのだから。あれは自分の考えに沈みこみ、まわりを見ずに歩いている女の歩調だ。そんなにぼんやりしていないで、海岸を走り回っているその馬鹿げた車に注意するよう叫んでやりたかった。彼は突然、車に轢かれ、砂のうえに横たわった、血まみれの彼女の体を想像する。彼女が血だらけに見える一方で、車が海岸を遠ざかってゆき、彼女のほうに駆け出す自分が見える。そのイメージにひどく動転し、彼はほんとうにシャンタルの名前を叫び出す。風は強く、海岸は広大で、彼の声はだれにもきこえない。だからそんなふうに感傷的な芝居に没入し、眼に涙を浮かべながら、彼女にたいする不安を叫ぶことができるのだ。彼は泣き面の引きつった顔で、数秒間彼女の死の恐怖を経験している。

やがて、彼自身もその奇妙なヒステリーの発作に驚き、遠くで呑気に、穏やかで静かに、かぎりなく感動的に散歩している彼女が見えた。彼は今しがた自作自演したばかりの喪の悲しみの喜劇に微笑した。そのことで自分を責めずに微笑した。というのも、彼女を愛しはじめたときから、シャンタルの死はずっと彼の心から離れないのだから。彼は彼女に手で合図しながらほんとうに走り出した。しかし彼女はふたたび立ちどまり、ふたたび海のほうを向いた。そして遠くのヨットを眺めていたが、頭上で手を振っている男には気づかなかった。

やっと！　彼の方角を振り向いたからには、彼女には見えるようだ。彼はすっかり嬉(うれ)しくなって腕をあげた。しかし彼女は彼には関心を示さず、砂を撫(な)でている長い海岸線を眼で辿(たど)りながら、また立ちどまった。いまや彼女は横顔を見せていたので、巻き髪だと思っていたものが頭に巻かれたスカーフだったことを彼は確認した。彼が（突然よりゆっくりした歩調で）近づくにつれ、シャンタルだと信じていたその女は老いて、醜く、呆気(あっけ)ないくらい別人になっていった。

シャンタルはまもなく、防波堤から海岸を眺めるのに飽き、部屋でジャン＝マルクを待とうと決心した。しかし、なんと眠気を感じるんだろう！　再会の喜びを台なしにしないよう、彼女はすぐにコーヒーを飲みたくなった。そこで方向を変え、レストラン、カフェ、ゲームセンター、それにいくつかのブティックなどが入っているコンクリートとガラスの大きなパビリオンのほうに行った。

7

彼女はカフェに入った。とても強烈な音楽が彼女を襲った。苛立（いらだ）った彼女は、二列のテーブルのあいだを進んだ。がらんとした大きな室内で、ふたりの男がじっと彼女を見つめた。ひとりは若く、カフェのボーイの黒い服装をして、カウンターの前部にもたれかかっていた。もうひとりはティーシャツを着たもっと年配の屈強な男で、室内の奥に立っていた。

彼女はすわるつもりで屈強な男に言った。「音楽をとめてくれませんか？」男は数歩ばかり彼女のほうにやってきた。「すみません、よくわからなかったもので」シャンタルは筋肉隆々とした入れ墨の男の腕を眺めた。巨大な乳房をした裸の女とその女の体に絡みついている蛇の入れ墨。

彼女は（要求を和らげながら）くりかえした。「音楽、もっと弱くしていただけないでしょうか？」

男は答えた。「音楽？　気に入らないんですか？」。するとシャンタルには、そのときカウンターの後ろに回った若い男がさらにロックの音量を上げるのが見えた。

入れ墨の男は彼女のごくそばにいた。その微笑には底意地の悪さが見てとれた。彼女は降参して、「いいえ、あたし、この音楽がすこしも嫌いじゃないですよ！」すると入れ墨の男は、「きっとお好きなんだと思っていましたよ。なにをおもちしましょうか？

——なにも、ただ見てみたかっただけ。ここは気持ちのいいところね。

——じゃあ、ずっといたらいいんじゃないですか？」と、また場所を変えていた黒い服の若い男が、背後から、気持ち悪いほど甘ったるい声で言った。彼は二列のテーブルのあいだの、出口に通じる唯一の通路にじっと立っていた。その声のばか丁寧さが彼女の心に一種のパニックを惹きおこした。まもなく閉じてしまう罠（わな）のなかにいるように感じてくる。はやく行動したい。立ち去るには、若い男が道を塞いでいるところを通らねばならない。彼女は破滅に突進しようと決心した人間のように、出口のほうに進む。眼前には若い男の甘ったるい微笑が見え、自分の心臓がどきどきするのを感じる。ぎりぎり最後の瞬間になってやっと、男が一歩脇に退いて、彼女を通してくれる。

8

愛する女の身体的な外観を別の女のと取り違える。彼はもう何度そんな経験をしたことだろう！　そして、いつも同じように驚く。それでは、彼女と別の女たちの違いはそんなにも些細なものなのだろうか？　どうして最愛の存在の、比類がないと思っている存在の輪郭を、それと認められないということがあるのか？

彼は部屋のドアを開ける。やっと彼女が見える。今度こそ、どんな疑いもなく彼女なのだが、やはりいつもの彼女には似ていない。顔が老け、眼差し（まなざ）しが奇妙に意地悪そうだ。まるで彼が海岸で合図した女が、いまや愛している女と永遠にすり代わらねばならないとでもいうように。彼女を彼女だと認められなかったことで、彼が罰せられねばならないとでもいうように。

「どうしたの？　なにがあったの？

不愉快だったわ。

——なにも、なにも、と彼女は言う。

——どうしてなにもないんだ？　きみはすっかり変わってしまっているよ。

——あたし、あんまり眠れなかったの。ほとんど眠らなかったのよ。午前中ずっと不愉快だったわ。

——午前中ずっと不愉快だったって？　どうして？

——なんとなく、ほんとうになんとなくよ。

——言ってくれ。

——でも、ほんとうになんとなくなのよ」

彼はねばる。彼女はとうとう言う。「男たちがもうあたしを振り返ってくれないの」

彼は彼女の言っていること、言いたいことが理解できずに彼女を見る。男たちがもう振り返ってくれないから悲しいだって？　彼は言ってやりたい。じゃあ、ぼくは？　じゃあ、このぼくは？　海岸を何キロもきみを捜していたぼく、泣きながらきみの名前を呼んでいたぼく、地球の隅々まできみの後を追いかけることができるこのぼくは？

彼はそうは言わない。そのかわりに、ゆっくりと低い声で、彼女が言ったばかりの言葉をくりかえす。「男たちがもうきみを振り返ってくれない。ほんとうにそんなことで、きみは悲しいのか？」

彼女は真っ赤になる。彼女が真っ赤になるのをずっとまえから見たことがなかったと彼が思うほど、真っ赤になる。その紅潮ははしなくも、秘められた欲望を洩らしているようだ。あまりにも激しいのでシャンタルが抵抗できず、「そうなの、男たちがね、もうあたしを振り返ってくれないのよ」と、ただくりかえし言っている欲望を。

9

ジャン＝マルクが部屋の戸口に現れたとき、彼女はできるだけ明るく振る舞うつもりでいた。彼にキスしたかったが、できなかった。カフェに立ち寄ってからというもの、彼女は緊張し、引きつって、暗い気分に閉じ込められていたので、その愛の身振りをしてみても、わざとらしく、見せかけに思われるのを恐れたのだ。

やがて、ジャン＝マルクが彼女に尋ねた。「なにがあったの？」。彼女はよく眠れず、疲れていると言ったが彼を納得させられず、彼は尋ねるのをやめなかった。彼女はその愛の審問をどう切り抜けたらいいのかわからないので、なにか滑稽なことを言ってやりたくなった。するとそのとき、午前の散歩と子供の樹に変じた男たちのことがひらめき、まるで頭の片隅に忘れられていた小さな物のような、「男たちがもうあたしを振り返ってくれないのよ」という文句を見つけた。彼女はいっさいの真面目な議論を避けようとしてその文句に頼った。できるだけ軽薄にその文句を口にしようと努めたが、われながらびっくりするほど自分の声が痛ましく、沈鬱だった。彼女はその沈鬱さが顔に張りついているのを感じ、その言葉が正しく理解されないだろうとただちに悟った。

彼女には長々と、深刻そうに自分を眺めている彼が見え、その眼差しが体の奥底に火をつけるような感覚を覚えた。その火がたちまち腹に広がり、胸にあがり、頬を燃やした。それからジャン＝マルクが自分にならって、「男たちがもうきみを振り返ってくれない。ほんとうにそんなことで、きみは悲しいのか？」とくりかえすのがきこえた。

彼女は体が松明（たいまつ）のように燃えあがり、肌に汗が流れるのを感じた。その紅潮が、いま口にしたばかりの文句に途方もない重要性をあたえてしまうのがわかった。彼はきっと（ああ、なんとも陳腐な！）その言葉によって彼女が思わず本心を洩らし、秘めた性向を見せてしまったので、いま恥ずかしさで真っ赤になっているのだと信じるにちがいなかった。それは誤解だが、彼女にはそのことを彼に説明できない。というのも、その火の襲撃を、もうしばらくまえから経験していたからだ。彼女はずっと真の名前をあたえるのを拒否してきたが、今度ばかりはそれがなにを意味しているのかもう疑えない。そして、まさにそうだからこそ、彼女はそのことを口にしたくもないし、することもできないのだ。

のぼせの波は長く、サディズムの極みのように、ジャン＝マルクの眼前にさらされている。彼女はどうやって自分を隠し、覆って、彼の詮索の視線をそらしたらいいのかわからなくなった。彼女は極端に取り乱し、ふたたび同じ文句を言った、今度こそ最初にしくじった間違いを正し、おどけた言葉、パロディーのように軽薄に口にするのに成功するだろうと期待しながら。「そうなの、男たちがね、もうあたしを振り返ってくれないのよ」。無駄骨だった。その文句は先程よりもさらに沈鬱に響いたのだ。

突如ジャン＝マルクの眼に彼女が知っている、救いのランタンのような光が灯る。

「じゃあ、ぼくは？　このぼくがたえず、きみがいるところならどこでも、あとを追いかけているというのに、どうしてきみはもう振り返ってくれない者たちのことを考えられるんだ？」

彼女は救われたように感じる。というのも、ジャン＝マルクの声は愛の声、彼女があの困惑の瞬間にその存在を忘れていた声、彼女を愛撫し、寛がせてくれる愛の声だから。しかし、彼女はその声に応える心の準備がまだできていない。まるでその声が遠いところ、あまりにも遠いところからやってきたとでもいうように。その声が信じられるには、もうしばらくきいている必要があるとでもいうように。

だからこそ、彼が腕に抱きたいと思ったとき、彼女は身を固くしたのだ。彼に抱き締められるのが怖かった。汗ばんだ体が秘密を暴露してしまうのが怖かった。その瞬間はあまりにも短く、自制する時間をあたえなかった。そのため彼女は、自分の身振りを抑えきれないまま、遠慮がちに、しかし断固として彼を押しのけた。

10

ふたりがキスできずに台なしになったその出会い、それはほんとうにあったことなのだろうか？　シャンタルはまだ、その無理解の瞬間を覚えているのだろうか？　ジャン＝マルクを困惑させた文句をまだ覚えているのだろうか？　すこしも。そのエピソードは他の何千のエピソードと同じく忘れられた。ほぼ二時間後、ふたりはホテルのレストランで昼食をし、陽気に死のことを話している。死のこと？　シャンタルは社長から、葬儀会社リュシヤン・デュヴァルの広告キャンペーンについてよく考えておくよう頼まれていたのだ。

「笑っちゃだめよ、と彼女は笑いながら言う。

——そうか、で彼ら、彼らは笑っているの？

——だれのこと？

――きみの同僚たちだよ。そのアイディア自体なんとも滑稽じゃないか、死のために広告をするとはね！　きみのところの社長、あの元トロツキスト。きみはいつも、彼が知的だと言っているね！

――知的よ。メスのように論理的だわ。彼はマルクス、精神分析、現代詩を知っているのよ。二十年代のドイツ文学には、日常性のポエジーという流派があったという話をするのが好きなの。彼に言わせると、広告はその詩的なプログラムをあとになって実現しているんですって。広告は生活の単純な事物をポエジーに変える。広告のおかげで、日常生活が歌になったというの。

――そんな陳腐な考えのどこが知的だと思うの？

――彼がそう言うときのシニカルで挑発的な口調よ。

――死のために広告をするようにきみに言うとき、彼は笑うの、笑わないの？

――突き放したように微笑をするだけ。それが上品に見えるのよ。あなただって力をもてばもつほど、どうしても上品にならなくちゃと感じるでしょう。でも、彼の突き放したような微笑、あれはあなたの笑いとはぜんぜん違う。それに彼、そんなニュアンスの違いにとても敏感なの。

――じゃあ、彼はどうやってきみの笑いに耐えられるんだ？

――ちょっと、ジャン＝マルク、あなた、なにを考えているの、あたしは笑ったりなんかしないわ。忘れないで、あたしにはふたつの顔があるの。そのことからちょっとした楽しみを引き出すことだって学んだわ。でも、にもかかわらず、ふたつの顔をもつのは容易なことじゃない。それには努力が必要なの。規律が必要なの！　これはあなたが理解すべきことだけど、あたしは好きでも嫌いでも、やることはなんでも、ちゃんとやりたいという気持ちでやっているのよ。いまの仕事を失わないだけのためにも。だけど、完璧に仕事をしながら、同時にその仕事を軽蔑するというのはとても難しいことだわ。

——ああ、きみにはそれができる、その能力があるさ、きみは天才的だから、とジャン＝マルクが言う。

——そう、あたしはふたつの顔がもてるわ。でも、同時にふたつの顔はもてないの。あなたと一緒だと、あたしはなんでも馬鹿にするみたいな顔をしている。でも会社にいるときは、真面目な顔をしているのよ。あたし、うちの会社に就職したいといってくる新しい求職者の書類を受け付けているの。彼らを推薦したり、否定的な意見を出したりするのがあたしの役割。なかには、手紙のなかでじつに現代風な言葉で、ありとあらゆる決まり文句や専門用語を使い、当然だけどまったく楽観的に自分を表現してくるひとたちがいる。そんなひとたちを嫌いになるのに、彼らに会う必要も話す必要もないわ。でもあたしには、ちゃんと熱心に仕事をするのはそういうひとたちだってわかっているの。それから、別の時代だったら、きっと哲学、美術史、フランス語の教育なんかに身を捧げていたにちがいないのに、いまは仕方なく、ほとんど絶望して、うちの会社に仕事を捜しにくるひとたちがいるわ。彼らは求めているポストを心の底では軽蔑しているのだし、だからこそあたしの兄弟たちだということがわかっているの。そこで、決断しなくちゃならないわけ。

——で、どんなふうに決断するの？

——あたしにとって感じがいいひとを一度推薦したら、もう一度はちゃんと仕事しそうなひとを推薦するのよ。あたしは半分は自分の会社の裏切り者、半分は自分自身の裏切り者として振る舞っているわけ。あたしは二重の裏切り者だわね。そしてこの二重の裏切りを、あたしは失敗じゃなくて、快挙だと見なしているの。だって、まだどれだけのあいだ、ふたつの顔をもっていられるのかしら？　これってひどく疲れるのよ。あたしにもいつかは、ひとつの顔しかもたなくなる日がくるでしょう。もちろん、悪いほうの顔。真面目な、ひとの言うことをきく顔しかもたない日が。それでもあたしを愛してくれる？

——きみはけっしてふたつの顔を失うことなんかないさ」とジャン＝マルクが言う。

彼女は微笑んで、ワインのグラスをあげる。「そう期待しましょう！」

ふたりは乾杯してワインを飲むが、やがてジャン＝マルクが言う。「ところで、きみが死のための広告をするのが、ぼくには羨ましいくらいだな。どういうわけだか、ぼくはごく幼少のころから死についての詩には魅了された。たくさん、たくさん覚えたな。

よかったら、朗唱してみようか？　きみが使えるかもしれない。たとえば、このボードレールの詩句（『悪の華』の詩「旅」の一節）。きみは当然知っているね。

　死よ、老いたる船長よ、時がきた！　錨（いかり）をあげよう！
　この国は私たちを退屈させる、おお〈死〉よ！　出帆しよう！

——知っている、知っている、とシャンタルはさえぎる。それは美しいけど、あたしたちの役には立たないわ。

——どうして？　きみのところの元トロツキスト、詩が好きなんだろう！　死にゆく人間にとって、この国は私たちを退屈させると思うことよりよい慰めがあるだろうか？　ぼくは墓場の門のネオンサインになっているその言葉を想像する。きみの広告には、それをごくわずか変えるだけで充分だろう。『この国はあなたがたを退屈させます。老いたる船長、リュシヤン・デュヴァルが出帆の業務をお引き受けいたします』

——でも、あたしの任務は瀕死（ひんし）のひとたちに気に入ってもらうことじゃないの。リュシヤン・デュヴァルのサーヴィスを求めにくるのは彼らじゃないわ。それに、死者を埋葬する生者たちは生を楽しみたがっているので、死を讃（たた）えたいんじゃないのよ。このことをよく覚えていてちょうだい。あたしたちの宗教、それは生の礼賛だってこと。『生』

という言葉は言葉の王様なのよ。この言葉＝王様は他の大げさな言葉たちに取り囲まれている。『冒険』という言葉！　『未来』という言葉！　それに『希望』という言葉！　ところで、ヒロシマに落とされた原子爆弾の暗号名がなんだったたか、あなた知ってい る？　リトル・ボーイ！　そんな暗号を考え出したひとって天才だわ！　これ以上いいのは見つけられなかったでしょうよ。リトル・ボーイ、少年、小僧、がき。これ以上優しく、感動的で、未来のつまった言葉はないわ。

——そうだね、わかるよ、とすっかり嬉しくなってジャン＝マルクが言う。廃墟のうえに希望という黄金の小便を放つリトル・ボーイという姿で、ヒロシマの上空を飛翔していたのは生そのものなんだ。そんなふうに戦後という時代が開始されたわけだ」。彼はグラスをとり、「乾杯しよう！」

11

彼女が埋葬したとき、息子は五歳だった。その後、ヴァカンスの機会に義姉が言った。「これじゃ、あなた、あんまり寂しすぎるわ。もうひとり子供をつくらなくちゃ。そうでもしなきゃ、忘れられないわよ」。彼女の心は義姉のその注意に締めつけられた。子供とは伝記をもたない存在、たちまち後継者のなかに消え去ってしまう影なのか。しかし彼女は、自分の子供を忘れたくなかった。かけがえのないその個性を保護し、過去を、哀れな小さな死者の無視され軽蔑される過去を、未来から保護していた。一週間後、夫が彼女に言った。「きみには落ち込んでほしくないんだよ。ぼくらは早く別の子供をつくらなくちゃならない。そうすれば、きみも忘れられるだろう」。忘れられるだろう！夫は別の言い方を捜そうとさえしなかったのだ！　彼女の心に夫と別れようという決心が芽生えたのはそのときだった。

どちらかといえば受け身の夫が、自分自身の名においてではなく、姉が支配している大家族の、もっと大きな利害を代表して話しているのは明らかだった。姉は三人目の夫、それにまえの結婚で生まれた二人の子供たちと一緒に暮らしていた。離婚した元の夫たちとも仲良くやっていて、まわりに彼らを、そのうえに自分のふたりの兄弟の家族まで集めることに成功していた。そのとてつもなく大きな集まりは、田舎の広大な別荘で過ごすヴァカンスのあいだにおこなわれた。姉はシャンタルを徐々にその一族郎党のなかに導き入れ、そうと気づかぬまま一員にしてしまおうとした。

義姉、それから夫が別の子供をつくるようにけしかけたのはそこの、その大別荘のなかだった。そして、彼女が夫とセックスするのを拒んだのはそこの、小さな寝室のなかだった。夫のエロティックな誘いのいちいちが、新たな妊娠のための家族キャンペーンなのだと彼女に思い出させ、セックスするという考えがグロテスクに思えたのだ。彼女はドアの陰で一族郎党の全員、祖母たち、パパたち、甥たち、姪たち、いとこたちが彼女夫婦の話をきき、ベッドのシーツを密かに調べ、朝の疲れを窺っているような気がした。みんなが彼女の腹を眺める権利を勝手に我が物にしていた。小さな甥たちでさえ、この戦争の傭兵として雇われていた。五歳の男の子が彼女に言った。「シャンタル、どうして子供が嫌いなの？　――どうしてあたしが子供が嫌いだって思うの？」と、彼女はいきなり、そっけなく答えた。男の子はなんと言っていいかわからなかった。彼女は苛立ってつづけた。「あたしが子供が嫌いだって、だれが言ったの？」。すると少年は険しい目付きをし、おずおずしているものの、きっぱりとした口調で答えた。「子供が好きなら、産んだっていいじゃない」

そのヴァカンスから帰ったあと、彼女は決然と行動した。まず、自分のポストを取り戻そうとした。息子が生まれるまで、彼女はリセで教えていた。その仕事は給料が悪かったので取り戻すのを断念し、希望にはかなっていなかった（彼女は教えるのが好きだった）が、三倍も報酬の高い職場のほうを選んだ。お金のために自分の好みを裏切ってしまったのは後ろめたかったけれども、どうしようもなかった。それだけが自分の独立を手にする唯一の方法だったのだ。独立を獲得するにはお金だけでは充分でない。男が、別の生活の生きた証拠となってくれる男が必要だった。というのも、彼女は以前の生活から解放されたいと激しく願っていたのだが、他にどんな生活も想像できなかったから。彼女は数年待ってジャン＝マルクに出会った。その二週間後、離婚を要求すると、夫はすっかり驚いてしまった。義姉が敵意の入り交じった感嘆の声で、彼女を〈牝虎（めすとら）〉と呼んだのはそのときだった。「あなたはじっとしている。なにを考えているんだか、だれもわからない。すると突然、襲いかかってくるんだわ」。その三月後、彼女はアパルトマンを買い、結婚という考えは少しもなしに恋人と一緒に住むことにした。

12

ジャン＝マルクは夢を見た。シャンタルのことが心配で、彼女を捜して街路を駆けめぐり、そしてやっと、歩いて遠ざかってゆくその背中が見える。彼は彼女を追って走り、名前を叫ぶ。もう数歩しかないところで、彼女が振り返る。するとジャン＝マルクは、別の顔、奇怪で不快な顔をまえにして茫然となる。とはいえ、それは他のだれでもなくシャンタル、彼のシャンタルであり、そこにはどんな疑いもない。しかし、彼のシャンタルは見知らぬ女の顔をしている。そしてそのことが恐ろしい、耐えられないほど恐ろしいのだ。彼は彼女に抱きつき、体を抱き締めて、すすり泣きながらくりかえす、シャンタル、ぼくのいとしいシャンタル、ぼくのいとしいシャンタル！　まるでそんな言葉をくりかえすことで、変貌したその顔に失われた元の外観、失われたほんとうの彼女を吹き込みたいとでもいうように。

彼はその夢で目が覚めた。シャンタルはもうベッドにいなくて、浴室の朝の物音がきこえていた。まだ夢の名残りがあるので、彼はすぐ彼女に会いたくてたまらなくなった。起きあがり、半開きの浴室のドアのほうに行った。そこで立ちどまり、私的な情景をこっそり盗み見する貪欲なのぞき魔のように、彼女を観察した。そう、それは彼の知っているいつものシャンタルだった。彼女は洗面台にかがみこんで歯をみがき、練り歯磨きのまじった唾液を吐いていた。彼女がなんとも滑稽に、子供みたいにその活動に集中しているので、ジャン＝マルクは微笑した。やがて彼女は、彼の視線を感じたようにくるりと体をまわし、ドアの彼を見て怒ったが、結局まだ真っ白な口にキスをさせてくれた。

「今晩、あたしの会社に迎えにきてくれない？」と、彼女は言った。

六時ごろ、彼はロビーに入り、廊下を通って彼女の会社のドアのまえで立ちどまった。そのドアは今朝の浴室のドアと同じように半開きになっていた。同僚のふたりの女と一緒にいるシャンタルが見えた。しかし、もう今朝の彼女と同じではなくなっていた。彼が慣れているよりも大きな声で話し、動作もずっと素早く、てきぱきして、居丈高だった。彼は朝、夜のあいだに失ったばかりの存在を浴室で見出したのだが、午後の終わりにはその存在がふたたび、みるみる変貌していったのだ。

彼は入っていった。彼女は微笑んだが、その微笑みはぎこちないし、シャンタル自身も堅苦しい感じだった。フランスでは、かれこれ二十年ほどまえから、両頰にキスをするのがほとんど義務のような、だから愛し合っている者たちにとっては辛い習わしになっている。しかし、他人の眼のまえで再会し、しかも仲違いしたカップルだと見られたくないときには、どうしたらその習わしを避けられようか？　シャンタルが困ったように近づき、彼に両頬を差し出した。その動作はわざとらしく、つくりものめいた味わいを残した。ふたりは外に出たが、それから長い時間がたってからしか、彼女は彼の知っているシャンタルにもどらなかった。

いつもそんなふうなのだ。彼女に再会する瞬間から、自分が愛しているとおりの彼女だと認める瞬間まで、一定の道のりを経ねばならない。山での、ふたりの最初の出会いのときには、幸運にもほとんどただちに彼女とふたりきりになれた。もしも彼が、そのふたりだけの出会い以前の長いあいだ、他人たちと一緒にいるときのような彼女と付き合っていたなら、はたして彼女のうちに愛する存在を見つけられただろうか？　同僚、上司、部下たちに見せる顔の彼女しか知らなかったなら、はたしてその顔は彼の心を動かし、魅了しただろうか？　この疑問にたいして、彼は答えをもっていない。

13

たぶんそんな奇妙な瞬間への過敏さのせいなのだろうか、「男たちがもうあたしを振り返ってくれないの」という文句が、彼の心にじつに強く刻まれたのは？　その文句を口にしたときのシャンタルは別人のようだった。その文句は彼女に似つかわしくなかった。意地悪そうになり、老けたようなあの顔も似つかわしくなかった。彼の最初の反応は嫉妬だった。同じ朝、おれができるだけ早く彼女と一緒になるためには路上で死んでもいいとさえ思っていたというのに、彼女はいったいどうして、他人たちが自分に関心をもたなくなったと嘆くことができるのか？　しかしそれから一時間もしないうちに、彼はこう思うようになった。どんな女だって自分の身体に男たちが示す関心、もしくは無関心によって老化の度合いを測るものだ。そんなことで傷つけられるのは滑稽ではないか？　とはいえ彼は、傷つけられたと感じなくても、同意はできなかった。というのも、かすかな老化（彼女は彼より四歳年上だった）の痕跡なら、すでに最初の出会いの日の彼女の顔に見つけていたのだから。そのとき彼に強い印象をあたえた美しさは、彼女を年齢より若くは見せていなかった。むしろ、彼女の年齢が美しさの表情を豊かにしていたと言ってよかったのだ。

彼の頭のなかにはシャンタルの文句が響いていた。そこで彼は彼女の身体の歴史を想像してみた。その身体は何百万もの他の身体のあいだに紛れていたのだが、ある日ひとつの欲望の眼差しが注がれ、雲のような大群からその身体を引き出した。それから、そんな眼差しがふえていって、その身体を照らし出した。以後、その身体は松明のように世界を移り歩くようになる。それは輝かしい栄光の時期だが、まもなくそんな眼差しもまれになり、徐々に光が消えはじめるだろう。そしてある日、その身体は半透明、そして透明、そして不可視になって、移動する小さな無のように街路を歩きまわることになる。最初の不可視から二度目の不可視に到るこの旅程において、「男たちがもうあたしを振り返ってくれないの」という文句は、身体の漸進的な消滅がはじまったことを知らせる赤信号なのだ。

愛している、きみは美しいといくら言ってみても、彼の愛の眼差しでは彼女を慰められないだろう。愛の眼差しは個別化の眼差しだから。ジャン＝マルクは他者には不可視になった、ふたりの老いた人間の愛の孤独、死を予示する寂しい孤独のことを考えた。

いや、彼女に必要なのは愛の眼差しではなくて、共感もなく、選択もなく、優しさも礼儀もなく、宿命的に、避けがたく注がれる、見知らぬ、粗野な、貪欲な眼差しの氾濫なのだ。そのような眼差しこそ彼女を人間社会に引き留めるのにたいし、愛の眼差しのほうはそこから彼女を引き離すのだ。

彼は悔恨とともに、めくるめくように迅速だったふたりの愛の始まりのことを考えた。彼は征服する必要はなかった。最初の瞬間から彼女は征服されたのだから。彼女を振り返る？　なにをするために？　彼女はいきなり彼の横、正面、そばにいたのだ。最初から彼のほうが強く、彼女のほうが弱かった。その不平等がふたりの愛の基盤に置かれていた。正当化できない不平等、公正ではない不平等。彼女は年上だったから、より弱かったのだった。

14

十六、七歳だったころ、彼女はひとつの隠喩(メタファー)を大切にしていた。自分で考え出したのか、あるいはひとにきいたのか、どこかで読んだのか、そのどれでも構わないが、ともかく彼女はバラの香りに、外に広がりひとを征服する香りになりたかった。そんなふうにすべての男たちを移り歩き、男たちをとおして、地球全体にキスをしてやりたかった。外に広がるバラの香り、それは冒険のメタファーだ。そのメタファーは大人としての生活の門出に甘美な混在(プロミスキユイテ)のロマンティックな兆し、男たちを移り歩く旅への誘(いざな)いのようにに開花した。だが、彼女は愛人を変えるために生まれてきたような本性の女ではなかった。だから、その漠然とした抒情(じよじよう)的な夢は、穏やかで幸福なものになると予想された結婚のなかにたちまち眠り込んでしまった。

そのずっとあと、夫と別れ、すでにジャン＝マルクと数年間暮らしたあと、ある日彼女は彼と一緒に海辺にいた。ふたりは外の、水上に張り出した板のテラスで夕食をとったのだが、彼女はそのときの、強烈な白の想い出をずっと忘れられない。テーブル、椅子、テーブルクロス、すべてが白く、街灯も白く塗られ、電灯も夏の、まだ暗くなっていない空に白い光を放射していた。その空では、やはり白い月があたり一面を白くしていた。そしてそんな白のシャワーのなかで、彼女はジャン＝マルクにたいして耐えられないほどの懐かしさ（ノスタルジー）の感情を覚えた。

懐かしさ？　彼が眼のまえにいるというのに、どうして彼女は懐かしさを覚えることができたのか？　どうしてひとは存在している者の不在に苦しむことができるのか？（ジャン＝マルクなら答えることができるだろう。愛する者がもういなくなってしまった未来をかいま見るなら、愛する者の死が眼には見えないけれどもすでにそこにあるなら、ひとは愛する者の眼前でも懐かしさに苦しむことがあるのだと）。

海辺でのその奇妙な懐かしさの瞬間のあいだ、彼女は突然、死んだ子供のことを思い出し、幸福の波に浸された。まもなく彼女は、その感情にぎくっとしたのかもしれない。しかし、ひとは感情にたいしてはなにもできない。感情はそこにあり、どんな検閲をも逃れるのだ。ひとはひとつの行為、発したひとつの言葉について自分を責めることはできるけれども、ひとつの感情については責められない。それはただ、ひとは感情を支配できないからだ。死んだ息子の想い出が彼女を幸福で充（み）たしたが、彼女はそれがなにを意味するのか考えることができただけだった。答えははっきりしていた。それはジャン＝マルクのかたわらにいる自分の存在が絶対であり、息子の不在のおかげでこのような絶対になれたということだ。彼女は息子が死んでくれたことが幸福だった。ジャン＝マルクの眼前にすわっていた彼女は、そのことを大声で彼に言ってやりたくなったが、そんな勇気はなかった。彼の反応に自信がもてず、自分が人でなしのように思われるのが怖かったのだ。

　彼女は冒険の完全な不在を堪能していた。冒険とは世界にキスをするひとつのやり方だが、彼女はもう世界にキスなどしたくなくなっていた。世界など欲しくなくなっていた。彼女は冒険がなく、冒険への願望がない状態の幸福を堪能していた。彼女は自分のメタファーのことを思い出した。すると一輪のバラが見え、そのバラがまるでクイックモーションの映画のように急速にしおれ、ついには黒っぽく細長い茎でしかなくなり、ふたりの晩の白い宇宙のなかに永遠になくなってしまった。白のなかに溶けたバラ。

　同じ晩、眠り込む直前に（ジャン＝マルクはすでに眠っていた）、彼女はもう一度死んだ子供のことを思い出した。そしてその想い出はふたたび、あのスキャンダラスな幸福の波を伴っていた。そのとき彼女は、自分のジャン＝マルクへの愛は異端、自分が離れつつある人間の共同体の、書かれざる掟（おきて）への違反なのだと思った。他人たちの憎しみのこもった憤慨を呼び起こさないためには、この異常な愛のことは秘密にしておかねばならないのだと思った。

15

彼女はいつも、朝アパルトマンをさきに出て郵便受けをあけ、ジャン＝マルク宛のものは残して自分のものを取る。その朝、彼女は二通の手紙を見つけた。一通はジャン＝マルク宛の（ちらっと眺めるとブラッセルの消印があった）もので、もう一通は自分宛だったが、住所も書かれていなければ切手も貼っていなかった。きっとだれかが個人的に届けたものにちがいなかった。彼女はあまり時間がなかったので、その手紙を開封せずにハンドバッグに入れ、バス停のほうに急いだ。すわって封筒を開くと、その手紙にはたった一行、「私はスパイのようにあなたの後をつけてます、あなたは美しい、とっても美しい」とだけあった。

最初の感情は不愉快さだった。許可も求めずに、だれかがあたしの生活に介入し、あたしの注意を引きつけたがってるんだ（あたしの注意力は限られているから、よそに広げるだけのエネルギーなんてないのに)。要するに、あたしに嫌がらせをしたがっているんだわ。やがて彼女は思う、結局これはつまらないことなんだ。どんな女がある日、このような伝言を受け取らなかっただろうか？　彼女はふたたびその手紙を読んだが、隣にいる婦人も読もうとすれば読めることに気づいた。ふたたび手紙をハンドバッグに入れ、まわりを一瞥(いちべつ)した。すわって窓からぼんやり外を眺めている人々、あたりもはばからず笑いこけているふたりの娘、彼女のほうをじっと見ながら出口のそばにいる、大柄でハンサムな若い黒人、それにきっと長い道のりを辿るのだろう、ずっと本を読みふけっているひとりの女が見えた。

いつもならバスのなかにいる人々を無視するが、その手紙のせいで、彼女は自分が観察されていると考え、自分のほうからも観察した。今日のこの黒人のように、あたしをじっと見ているひとがいつもいるんだろうか？　まるであたしがいま読んだばかりのことを知っているとでもいうようにあたしに微笑んでいる。もしあの伝言の作者が彼だとしたら？　彼女はすぐに、あまりにも愚かしいその考えを追い払い、次の停留所で降りるために立ちあがった。出口までの通路を塞いでいる黒人のそばを通らねばならないのだが、そのことが彼女を困惑させた。黒人のごく近くまできたとき、バスがブレーキをかけ、彼女が一瞬バランスを失いそうになると、あいかわらず彼女をじっと見つめていた黒人が哄笑(こうしょう)した。彼女は外に出て思った、あれは恋の戯れではなく、嘲笑だったんだと。

　その嘲笑の声が、悪い前兆のように一日中きこえた。彼女は会社でさらに二、三度その手紙を眺め、家に帰ってからも、それをどうしようかと考えた。とっておこうか？　どうして？　ジャン＝マルクに見せようか？　それじゃ、あたしが困ってしまうわ。まるで自慢したがっているみたいじゃないの！　じゃあ、破棄してしまう？　もちろんだわ。彼女はトイレにゆき、便器にかがんで液体の表面を眺めた。封筒をいくつもの断片に引き裂いてなかに投げ、水を流した。しかし手紙は折り畳んで寝室にもって帰り、衣裳箪笥を開けてブラジャーのしたに入れた。そうしているときにも、ふたたび例の黒人の嘲笑の声がきこえ、あたしはどんな女たちともちっとも変わりはしないんだと思った。するとたちまち、自分のブラジャーが下品で、愚かなくらい女っぽく見えてきた。

16

それから一時間もしないうちに家に着いたジャン＝マルクが、一通の通知状をシャンタルに見せた。「今朝郵便受けに入っていたんだ。Fが死んだよ」

シャンタルは別の、もっと深刻な手紙が自分の手紙の滑稽さを覆い隠してくれるのがむしろ嬉しいくらいだった。彼女はジャン＝マルクの腕をとってサロンに連れてゆき、彼の正面にすわった。

シャンタルが、「それでも動転しているんでしょう。

——いや、とジャン＝マルクは言う。というか、ぼくは動転しないことに動転しているんだ。

——いまでも、彼を許していないの？

——ぼくはすべてを許しているさ。でも、問題はそういうことじゃないんだ。昔、彼にもう会うまいと決心したときに覚えた、奇妙な喜びの感情のことを話したよね。ぼくは氷のように冷たかったんだが、そのことを嬉しく思っていた。ところが、彼が死んでもその感情になんの変わりもないんだ。

——あなたってひとにはぞっとする。ほんとうに、ぞっとするわ」

ジャン＝マルクは立ちあがって、コニャックの瓶とふたつのグラスを取りに行った。それから一口飲んで、「病院の見舞いの終わりごろになって、彼はいろんな想い出話をはじめたんだ。ぼくが十六歳のときに言ったらしいことを思い出させてくれた。そのときぼくは、現在ひとが実践している友情の唯一の意味を理解したんだ。人間にとって友情は、記憶がちゃんと機能するために不可欠だということだ。自分の過去を思い出し、つねに過去を担っていること。たぶんそれが、よく言われる自我の完全さを保持するために必要な条件なのかもしれない。自我が縮小しないため、自我が容量を保つためには、壺（つぼ）の花々みたいに、想い出に水をやらねばならない。そしてそのように水をやるには過去の証人たち、つまり友人たちと定期的に接触していることがどうしても必要だ。彼らはぼくらの鏡、ぼくらの記憶なのだ。そこに自分の姿を見ることができるように、ときどきその鏡を磨いてくれること以外に、ひとは友人たちにはなにも求めない。でも、リセ時代に自分のしていたことなんか、ぼくにはどうだっていいんだ！　青春時代の最初のころから、たぶん幼年時代からぼくがいつも願っていたのは、それとはまったく別のこと、つまり他のすべての価値よりも高い価値としての友情ということだった。ぼくは好んで言っていたものだ、真実か友人かときかれたら友人を選ぶと。そう言っていたのは挑発によってだったが、でもぼくは真面目にそう考えていたんだ。いまでは知っている、そんな行動基準は古風だとね。それはパトロクロスの親友アキレウス〔ホメーロス作『イーリアス』の登場人物〕にとって、アレクサンドル・デュマ〔フランスの小説家（一八〇二―七〇）〕の小説の三銃士にとって、さまざまな不和にもかかわらず主人の真の友だったサンチョ・パンサ〔セルバンテス作『ドン・キホーテ』で主人に仕える従士〕にとってさえ有効だったかもしれない。でも、ぼくらにとってはもう有効じゃないんだ。ぼくは悲観主義に踏み込みすぎたため、いまでは友情よりも真実を選んでもいいという気持ちになっている」

彼はもう一口味わったあと、「ぼくにとって友情はイデオロギー、宗教、国民よりもっとよいなにかが存在するという証拠だったんだ。デュマの小説では、四人の友人たちがしばしば対立する陣営に分かれ、その結果互いに戦わざるをえなくなる。しかし、それでも彼らの友情に変化はない。彼らは互いの陣営の真実を無視して、密かに、巧妙に助け合うのをやめない。彼らは友情を真実、大義、上司の命令より、王よりもうえ、女王よりもうえ、すべてのうえに置いていたんだ」

シャンタルは彼の手を愛撫した。すると、しばらく間をおいてから彼が言った。「デュマは二世紀の距離を置いて三銃士の物語を書いた。それは彼においてもすでに、友情という失われた世界への懐かしさ（ノスタルジー）だったということだろうか？　あるいは友情の消滅はもっと近年の現象なんだろうか？

――あたし、あなたには答えられない。友情というのは女の問題ではないの。

――それ、どういうこと？

――言っている通りのことよ。友情というのは男たちの問題なのよ。男たちのロマンティスムなの。あたしたちのものじゃないわ」

ジャン＝マルクは黙り、コニャックを一口飲んでから、ふたたび自分の考えにもどった。

「友情はどのようにして生まれたのか？　きっと逆境にたいする結束、それがなければ人間が敵をまえにして無力になってしまう結束としてだろう。たぶんひとはもう、そのような結束を死活的に必要としなくなっているのかもしれない。

――いつだって敵はいるわ。

――そう、だけど敵は不可視で匿名なんだ。行政や法律。きみの窓のまえに空港を建設すると決められたとき、あるいはきみが解雇されたとき、ひとりの友人がきみのためになにができるのか？　たとえだれかがきみを助けてくれるとしても、それもやはり不可視で匿名のだれか、消費者擁護の団体とか、弁護士事務所とかだろう。友情はもう、どんな試練によっても確かめられなくなっている。戦場で負傷した友人を捜しにゆく機会も、盗賊から友人を護（まも）るために剣を抜く機会も、もうあたえられない。ぼくらは大した危険もなく、しかしまた友情もなしに、人生を生きているんだ。

——もしそうなら、あなたはFと仲直りしているはずでしょう。

——たとえぼくがなにを非難しているか知らせたとしても、彼は理解しなかっただろうとすすんで認めるよ。他の者たちがぼくを攻撃したとき、彼は沈黙した。しかし、ぼくは公平にならねばならない。彼は自分のその沈黙を勇気あるものと見なしていたのだ。ぼくのことで行き渡っていた妄想に屈せず、ぼくの害になるかもしれないことをなにも言わなかった、と自慢さえしていたと言ってくれた者がいた。だから彼は良心に疚しいことはなかったのだし、わけもなくぼくが会うのをやめたことで、傷つけられたと感じたにちがいない。彼にたいして中立以上のことを期待したのは、ぼくのほうの誤りだった。あの邪険で悪意にみちた環境のなかで、あえてぼくを擁護していたら、彼自身が不興を買い、いろんな葛藤、面倒に巻き込まれる危険をおかすことになっただろう。どうしてそんなことを彼に求められただろうか？　まして彼はぼくの友人だったんだ！　それは友情に反することだと思えたんだ！　そのことを別なふうに言おう。それは無礼だった。なぜなら、かつての実質を欠いた友情は、今日では相互の敬意の契約、つまり礼儀の契約に変じてしまったのだから。ところが、相手を困らせるか、不愉快かもしれないことを友人に求めるのは無礼だよ。

——もちろん、そうだわ。どうしようもないことだわ。それでも、あなたは辛辣さなしに言うべきよ。皮肉なしに。

――ぼくは皮肉なしに言っているさ。そんなものだよ。

――もし憎しみが襲いかかり、あなたが嫌疑をかけられ、好餌にされたら、あなたを知っている人々にはふたつの反応が予想できるわ。獲物の奪い合いに参加してしまう人々がいる。また他の人々は目立たずに、なにも知らず、なにもきこえないふりをして、その結果あなたが会い、話をしつづけることになる。控え目で、デリケートなこの二番目のカテゴリーに入る人々こそ、あなたの友人なのよ。言葉の現代的な意味においての友人。ねえ、ジャン＝マルク、そんなこと、あたしはずっとまえから知っていたわ」

17

スクリーンのうえには、横向きの美しくセクシーな尻がアップで見える。ひとつの手がその見捨てられ、従順な、裸の体の肌を味わいながら、やさしく愛撫している。やがてカメラが遠ざかり、小さなベッドに寝かされたその体全体が見える。それは赤ん坊で、そのうえにママがかがんでいる。次の場面（シークエンス）では、ママが赤ん坊をもちあげ、半開きの唇が乳児の大きく開いた、柔らかく、濡れた口にキスをする。そのときカメラが近づき、アップのその同じ個別の接吻（せっぷん）が突然、官能的な愛の接吻になる。

そこで、ルロワはフィルムをとめた。「ぼくらはつねに多数派を求める。選挙運動中のアメリカの大統領候補者みたいにね。ぼくらはある製品を、購買者の大多数を集められるようなイメージの魔法の環（わ）のなかに入れてやる。そのイメージをさがすとき、ぼくらは性生活を過大評価しがちだ。みんなに注意しておく。性生活というのは、ほんの一握りの少数者だけがほんとうに享受できるものなのだと」

ルロワは間を置いて、週に一度なにかのキャンペーン、スポット、ポスターをめぐるセミナーの小集会に招集する部下たちの驚きを味わった。彼らはずっとまえから、この上司の自尊心をくすぐるのは、慌てて同意することではなく、驚いてみせることだと知っている。だからこそ、老けた指にいくつも指輪をつけている上品な婦人が、あえて異を唱えてみせたのだ。

――もちろん、とルロワは言った。「どんな世論調査でも、それとは逆の結果が出ていますわよ！　尋ねられたら、真実をおっしゃいますか？　ねえ、あなた、あなたはだれかに性生活のことを尋ねられたら、真実をおっしゃいますか？　たとえ質問をする者があなたの名前を知らなくても、たとえ電話で質問され、あなたの顔が見られなくても、嘘を言うでしょう。『あなたはエッチするのが好きですか？　――もちろん！　――週何回？　――一日六回よ！　――卑猥なことが好きですか？　――そう、気が狂うほど！』。しかし、そんなことはすべてごまかしでしょう。商業的には、エロティスムは曖昧なものなんです。なぜなら、たとえみんながエロティックな生を欲しているとしても、みんながそれを自分の不幸、欲求不満、羨望、コンプレックス、苦しみの原因として憎んでもいるのだから」

彼はもう一度同じテレビ・スポットをみんなに見せた。シャンタルは濡れた唇が別の濡れた唇に触れているのをアップで眺め、ジャン＝マルクと自分がそんなふうにキスをしたことが一度もなかったのに気づく（彼女がそんなにはっきりそうと気づくのは初めてだ）。そのことに自分でも驚く。ほんとうかしら？　あたしたち、一度もこんなふうにキスをしたことがなかったのかしら？

いや、ある。それはふたりがまだ互いの名前を知らなかったときのことだ。山のホテルの大ホールで、飲んで喋(しゃべ)っている人々にまじって他愛のない話をしていたが、ふたりの声の調子が互いに相手を欲していることを理解させた。ふたりは人気のない廊下に引っ込んで、なにも言わずにキスをした。彼女は口を開け、ジャン゠マルクの口のなかに舌を押し入れた、なかに見つかるものはなんでも舐めてやろうという気持ちで。ふたりの舌が表していた熱意は官能的な必然ではなく、ただちに、ぐずぐずせず、丸ごと、荒々しく、時間を無駄にせずに愛し合う用意があるのを相手に知らせたいという焦燥だった。ふたりの唾液は欲望や快楽とはなんの関係もなく、ただの使者にすぎなかった。彼らには直接、大声で、「あなたとセックスしたい、いますぐ、ぐずぐずせずに」と言い合う勇気がなかった。そこで、自分のかわりに唾液に話させたのだ。だからこそ（最初の接吻の数時間後の）愛の抱擁のあいだ、ふたりの口はきっと（彼女にはもう思い出せないけれども、ほとんど確信している）互いに興味を示さず、触れ合うことも舐め合うこともなく、そんな途方もない相互の無関心に気づきさえしなかったのだ。

ふたたびルロワがスポットをとめた。「難しいのは、エロティックな魅力を保ちながらも、欲求不満を募らせないような類のイメージを見つけることだ。このシークェンスがぼくらの関心を惹くのはその観点からだ。官能的な想像力がそそられるが、それがただちに母性の領域に方向を変えられる。なぜなら、親密な肉体的接触、個人的な秘密の不在、唾液の融合などは、大人のエロティスムだけの専有物ではないからだ。それらはすべて赤ん坊とその母親の関係、あらゆる身体的な歓喜の原初の楽園たるその関係のなかに存在するのだ。ところで、未来のママの胎内にいる胎児の生態を撮影した者がいる。その胎児は、ぼくらには真似をするのも不可能な、アクロバットのような姿勢で、自分のごく小さな器官のフェラチオをおこなっていた。いいですか、セックスは辛い羨望を惹起する若々しく、恰好のよい体だけの専有物ではないということなのです。胎児がおこなう自己口淫は、この世のおばあさんたちすべてを、どんなに気難しく、どんなに貞淑ぶったおばあさんたちでさえもほろりとさせるだろう。なぜなら、赤ん坊とはあらゆる多数派のもっとも強く、広く、確かな共通分母だからだ。そして胎児は、ねえ、みなさん、赤ん坊以上のもの、いわば原＝赤ん坊、超＝赤ん坊なんですよ！」

そしてもう一度、彼が同じスポットをみんなに見せたが、シャンタルはもう一度、濡れたふたつの口が触れ合うのを見て軽い不快感を覚える。ひとが話してくれたところでは、中国や日本のエロス文化には、口を開いた接吻はあまり知られていないらしいことを思い出す。だから、唾液の交換はエロティスムの必然ではなく、気まぐれ、偏向であり、とりわけ西洋的な不潔さなのだ。

ルロワは映写をやめて、こう結論を下した。「ママたちの唾液、それこそぼくらが再結集させ、ルバショフ・ブランドの顧客にしたいと思っている、あの多数派を結びつける糊（のり）なのだ」。そこでシャンタルは自分の昔のメタファーを修正する。男たちを移り歩くのは非物質的で詩的なバラの香りではなく、物質的で散文的な唾液なのだ。その唾液は大群の細菌を連れて、恋人の口からその愛人の口に、愛人からその妻に、妻からその赤ん坊に、赤ん坊からその叔母に、レストランのウェートレスをしているその叔母が唾を吐いたスープによって客に、客からその妻に、妻からその愛人に、そしてそこから他の多くの口に移り、その結果、私たちめいめいが唾液の海のなかに沈み込む。その唾液は混じり合い、私たちを唯一の唾液の共同体、濡れて結びついた唯一の人類にしてしまう。

18

その晩、彼女はモーターやクラクションの騒音に疲れはてて家にもどった。一刻も早く静けさが欲しくて建物のドアを開けると、職人たちの叫び声とハンマーの音がきこえた。エレベーターが故障していたのだ。昇りながら、彼女は忌まわしいのぼせが押し寄せてくるのを感じていた。ハンマーを叩く音が階段室中に響いて、そののぼせの伴奏をし、のぼせを昂進させ、飾り立て、賛美する太鼓の連打音のようになった。びっしょり汗に濡れた彼女は、アパルトマンのドアのまえで立ちどまり、そんな赤の変装姿をジャン＝マルクに見られないようしばらく待った。

「火葬の火があたしに名刺を差し出している」と彼女は思った。その文句は彼女が考え出したのではなかった。どんなふうにしてだかわからないが、彼女の心をよぎったのだ。絶え間ない騒音のなか、ドアのまえに立ち尽くして、彼女はその文句を何度も何度も自分に言ってみた。彼女はその文句が好きではなかった。これみよがしなくらい不吉なその性格は悪趣味に思えるが、どうしても追い払うことができなかった。

やっとハンマーが静かになり、のぼせも和らぎだしたので、彼女はなかに入った。ジャン＝マルクが彼女にキスをして、なにか話そうとしたとき、いくらか弱まったとはいえ、ハンマーを叩く音がふたたび鳴りひびいた。彼女は追いかけられ、どこにも隠れられないような気がしてきた。あいかわらず汗びっしょりの肌をした彼女は、なんの論理的な繋がりもなしに言った。「火葬の火、それだけがあたしたちの体を彼らの意のままにさせない手だてなんだわ」

彼女はジャン＝マルクの驚いた眼差しに気づき、自分がいま口にしたことの突飛さを悟った。そこで急いで、自分が見たスポットとルロワが語ったこと、とりわけ母親の腹のなかで撮影された胎児のことを話し出した。アクロバットのような姿勢で、どんな大人もできないほど完璧な一種のマスターベーションをする胎児のことを。

「胎児に性生活がある！　想像してよ、その胎児にはまだどんな意識も、どんな個性も、どんな知覚もなにもないのよ。だけど、もうすでに性の衝動を、そしてたぶん快楽を覚えているの。だから、私たちの性生活は私たちの自意識に先行しているってわけ。私たちの自我がまだ存在していないのに、私たちの情欲はもう存在している。そして想像してみて、この考えがあたしの同僚たち全員を感動させたのを！　マスターベーションをする胎児のまえで、彼らは眼に涙を浮かべていたわ！

——で、きみは？

——ああ、あたしは嫌悪感を覚えた、そう、ジャン＝マルク、嫌悪感よ」

彼女は奇妙に感動し、彼に絡みつき、抱き締めて、そのまま数秒間じっとしていた。

やがて彼女がつづけた。「母親の、神聖なと言われている胎内でさえも、あなたは護られていないの、わかる？　撮影され、見張られ、マスターベーションも観察されるのよ。胎児のあなたの哀れなマスターベーションも。生きているかぎり彼らから逃れられない、そのことはみんな知っている。でも、あなたは自分の誕生以前でさえ彼らから逃れられないのよ。あたし、昔ある新聞で読んだことを思い出す。亡命したロシアの大貴族の名前で生きていたあるひとが、詐欺の疑いをかけられたんですって。そのひとの死後、そのひとをやりこめてやるために、彼の母親だと推定された哀れな農婦の古い遺骸が墓から引き出された。骨が細かく分析され、遺伝子が調べられたの。あたしは知りたい、いったいどんな高邁な大義がその母親、その哀れな女を掘り出す権利を彼らにあたえたというのかしら！　彼女の裸、その絶対的な裸、骸骨というその超＝裸を発掘する権利を！　ああ、ジャン＝マルク、あたしは嫌悪感しか覚えない、嫌悪感しか。ところで、ハイドンの頭の話を知っている？　まだ温かい死体から彼の頭が切り離されたのよ。気のふれた学者が脳を取り出し、音楽の天分がどこにあったのか明らかにするために。

それからアインシュタインの話は？　彼は火葬にしてもらうように入念に遺言を認めておいたの。彼の言うとおりにされたんだけど、忠実で献身的な弟子が師の眼差しなしに生きることを拒否したわけ。そこで、火葬のまえに死体から眼を抜き取ってアルコールの瓶に入れ、自分自身が死ぬときまで、ずっとその眼に見守ってもらおうとしたのよ。私たちの体が彼らから逃れるには火葬の火しかないって、さっきあたしが言ったのはそのためだったの。それだけが絶対的な死だわ。そしてあたしは他のどんな死も望まない、ジャン＝マルク、あたしは絶対的な死を望むわ」

しばらく間をおいて、ハンマーを叩く音がもう一度部屋のなかに鳴りひびいた。

「あたしが彼らのことをもうきかなくていいという確信がもてるには、火葬にされるしかないのよ。

――シャンタル、どうかしたの？」

彼女は彼を見て、やがてふたたび感動して背をむけた。今度はいま自分の口にしたことではなく、自分にたいする思いやりにみちたジャン＝マルクの声に感動して。

19

翌日、彼女は（少なくとも月に一度はそうしているように）墓場にゆき、息子の墓のまえに立ちどまった。そこにいるときはいつでも息子と話すのだが、今日はまるで自分の釈明をし、正当化をする必要があるとでもいうように、彼女は息子に言った。ねえ坊や、あたしの坊や、あたしがあなたを愛していないとか、愛さなかったなんて思わないでね。あなたを愛していたからこそ、もしあなたがずっと生きていたら、今のあたしにはなれなかったのよ。子供をもちながら、あるがままのこの世の中を軽蔑することなんてできないの。だって、私たちが子供を送り出したのはこの世の中なんだから。私たちは子供のせいで、この世の中に執着し、この世の中の未来のことを考え、すすんでこの世の中の騒音、動揺に加わり、この世の中の救いようのない愚かしさを真面目に受け取っているんだから。あなたが死んで、あたしにはあなたと一緒にいる楽しみがなくなったわ。だけど、それと同時に、あなたはあたしに自由をくれたの。あたしが好きではないこの世の中と向き合うさいの自由を。そして、あたしがこの世が好きでないと言っていられるのも、あなたがもういないからなの。あたしがいくら暗い考えをもっても、それがもうあなたにどんな災いももたらさない。あなたがあたしのところからいなくなって何年もたった今だから言っておきたいの、あたしがあなたの死を贈り物だと理解したことを、その恐ろしい贈り物をやっと受け取ったことを。

20

つぎの日、彼女は郵便受けに同じ見知らぬ筆跡の封筒を見つけた。その手紙にはもう簡潔な軽薄さがなくなり、長い調書に似ていた。「先週の土曜日でした、と差出人は書いていた。九時二十五分、あなたはいつもより早く家を出られました。私にはバス停まであなたの道のりを追跡する習慣があるのですが、今度は反対方向に行かれました。あなたは小さなスーツケースをもち、クリーニング店に入られた。女主人はあなたのことをよく知っていて、たぶんあなたが好きなのでしょう。私は街路から女主人を観察していましたが、彼女の顔はまるで居眠りから目覚めたようにぱっと輝きました。きっとあなたが冗談でもおっしゃったのでしょう、彼女の笑い声がきこえました。あなたが引き起こした笑い声、私はそのなかにあなたの顔の反映を見る思いがしました。やがて、あなたはスーツケースをいっぱいにして、外に出られました。あれはあなたのセーター、それともテーブルクロス、あるいは下着類だったのでしょうか？　いずれにしろそのスーツケースは、あなたの人生に不自然につけくわえられたもののように思われました」。そして彼女のドレスと首のまわりの真珠を描写したあと、「私は以前に一度もその真珠を見たことがありません。美しい真珠でした。その赤い色があなたによく似合い、あなたを輝かせていました」

その手紙にはC.D.B.という署名がある。そのことが彼女に引っかかる。最初の手紙には署名がなかったので、彼女はその匿名を、いわば誠実だと考えることができた。挨拶をしたあと、すぐ消え去ってしまう見知らぬひとなのだと。しかし署名は、たとえ簡略化されていても、少しずつ、ゆっくりと、しかしどうしても自分を認めてもらいたいという意図を明かしている。C.D.B.と彼女は微笑しながら自分にくりかえす。シリル・ディディエ・ブルギバ（Cyrille-Didier Bourguiba）。シャルル・ダヴィッド・バルブルス（Charles-David Barberousse）。

彼女はその文面についてよく考えてみる。この男は街路であたしの後を追ってきたにちがいない。「私はスパイのようにあなたの後をつけてます」と、最初の手紙には書いてあった。だからあたしは、きっとその男を見たことがあるにちがいない。しかし、あたしはまわりの世界をさして関心をもって観察しないし、あの日はジャン＝マルクが一緒だったから、よけいそうだった。それにクリーニング店の女主人を笑わせたのは、あたしでなくて彼だったし、スーツケースをもっていたのも彼だった。彼女はふたたびその言葉を読んでみる。「そのスーツケースは、あなたの人生に不自然につけくわえられたもののように思われました」。あたしがそのスーツケースをもっていなかったのなら、どうして「あなたの人生につけくわえられたもの」になるのだろうか？　差出人はそんなふうに、間接的なやり方であたしの最愛のひとを攻撃したかったのだろうか？　やがて彼女は、自分の反応の滑稽さに気づいて面白がる。あたしは、想像上の恋人にたいしてもジャン＝マルクを擁護できるんだ。

最初のときと同じように、彼女はその手紙をどうしてよいかわからず、めまぐるしいためらいの動きがすべての局面にわたってくりかえされた。手紙を捨てようとトイレの便器をじっと眺め、封筒を小さな紙片にちぎって、水と一緒に流し去った。それから手紙を折り畳んで自分の寝室にもってゆき、ブラジャーのしたにそっと忍び込ませた。彼女が下着用の棚に身をかがめているときに、ドアの開く音がきこえた。急いで衣裳箪笥を閉めて振り返ると、入口にジャン＝マルクがいる。

彼はゆっくりと彼女のほうに向かい、以前にはけっしてなかったような、いやに集中した眼差しで彼女を見つめている。そして、ほんの近くまで来ると彼女の肘をとり、自分の体から三十センチほど離れたところにとどめ、じっと見つめるのをやめない。彼女は困惑し、なにも言えない。その困惑に耐えられなくなると、彼は彼女を抱き締め、笑いながら言う。「フロントガラスを洗うワイパーのように、角膜を洗うきみの瞼が見たかったんだ」

21

Fとの最後の出会い以来、彼はそのことを考えている。眼は魂の窓、顔の美しさの中心、個人の独自性が集中される点だが、また一定量の塩分をふくむ特別の液体によってたえず洗われ、濡らされ、維持される視覚器官でもある。だから、人間がもちうる最大の驚異である眼差しは、機械的な洗浄の動きによって規則的に中断される。フロントガラスがワイパーによって洗浄されるように。もっとも今日では、それぞれの動きが十秒間の間隔で中断されるようワイパーの速度を調節することもできるが、それがほぼ瞼のリズムである。

ジャン＝マルクは自分が話す者たちの眼をじっと見て、瞼の動きを観察しようとするが、そう簡単でないのを確認する。ひとは瞼を意識することに慣れていないのだ。彼は思う、他人の眼、したがって瞼と瞼の動きほどひんぱんに見るものはない。ところが、それが、その瞼の動きが記憶にとどめられないのだ。おれは自分のまえにある眼からそれを差し引いているのだ。

そして、さらに思う、神はアトリエで手仕事をしているときに偶然、ぼくらめいめいが短い間違いのあいだに魂にならざるをえないような、こんな身体の型に到達したのだ。しかし、軽々しくでっちあげられ、十秒、二十秒ごとに眼が洗われずには見ることもできない身体の魂になるとは、なんと嘆かわしい境遇だろうか！　どうしてぼくらの眼前にいる他者が自由で、独立し、自分自身の主人だと信じられようか？　どうしてその身体がそれに宿っている魂の忠実な表現だと信じられようか？　そう信じられるには、瞼の絶え間ないまばたきを忘れねばならなかった。そこからぼくらがやってきた、手仕事のアトリエを忘れねばならなかった。忘却の契約に従わなくてはならなかった。そのようにぼくらに強制したのは神自身なのだ。

しかし、ジャン＝マルクの幼年時代と青年時代には、彼がその忘却の約束を自覚せず、眼のうえを滑る瞼を茫然と眺めていた、短い一時期がたしかにあった。ところが、眼はそれを通して唯一、奇蹟的に魂が見える窓などではなく、太古の昔からだれかが作動させた、やっつけ仕事の器械なのだと彼は確認した。青年時代のそんな突然の明断さの動きは、ひとつのショックだったにちがいない。「きみは立ちどまり、とFが言った。ぼくをじっと見つめ、妙に断固とした口調で言った。彼女の眼がどんなふうにまばたきするか見るだけで、ぼくにはしばしば充分なのだと……」。彼はそのことを覚えていなかった。それは忘却を運命づけられたショックだった。そしてじっさい、もしFが思い出させてくれなかったなら、永久に忘れていたことだろう。

彼は自分の考えに浸りきったまま家にもどり、シャンタルの部屋のドアを開けた。彼女はなにかを衣裳箪笥にしまっている最中だったが、それよりもジャン＝マルクは彼女の眼を、彼にはえも言われぬ魂の窓である彼女の眼を拭う瞼が見たくてたまらなくなった。彼は彼女のほうに行き、肘を捕らえて眼を見た。じっさい、まるで検査を受けている最中だと知っているとでもいうように、その眼がまばたいていた。かなり速くまばたいていた。

瞼が速く、あまりにも速く下降し、上昇するのが見えて、彼は自分自身の感覚、その眼のメカニズムに絶望的なくらい幻滅した、十六歳の自分の感覚を取りもどしたくなった。しかし、瞼が異常なほど速く、その動きが突然不規則になったことで、彼は幻滅するよりも、むしろほろりとした。シャンタルの瞼というワイパーには、彼女の魂の翼、震え、脅え、もがいている翼が見えたから。その感動は閃光のように急激で、彼はシャンタルを抱き締めた。

やがて彼は抱擁をゆるめ、困惑し、たじろいだ彼女の顔を見た。彼は彼女に言った。

「フロントガラスを洗うワイパーのように、角膜を洗うきみの瞼が見たかったんだ。

——あたし、あなたの言っていることが、全然わからない」と、急に緊張がゆるんで彼女が言った。

そこで彼は、もう好きではなくなった友人が言及した、忘れていた想い出のことを彼女に話した。

22

「リセの生徒だったころにしたらしい考察のことをFが思い出させてくれたとき、ぼくはなにかまったく馬鹿げた話をきいたような気がしたんだ。

——とんでもない、とシャンタルが彼に言った。あたしが知っているようなあなたなら、きっとそう言ったにちがいないわ。全部、辻褄(つじつま)が合うもの。ほら、あなたの医学のことだって?」

彼は自分の職業の選択という摩訶(まか)不思議な瞬間をけっして過小評価していなかった。人生はあまりにも短いのだから、その選択は取り返しがつかないと重々承知していたので、どんな職業も自然には自分を引きつけないのを確認すると不安に苛(さいな)まれた。彼はあたえられた可能性の範囲を半信半疑で検討した。他人の迫害に一生を捧げる検事。育ちの悪い生徒たちにいじめられる教師。その進歩が、ささやかな利益とともに巨大な害をもたらす諸々の技術分野。精巧であるのと同じくらい空疎な人文諸科学の駄弁。彼の嫌悪する流行に完全に隷属している室内装飾（これは指物師をしていた祖父の想い出のために彼を引きつけた）。小箱と小瓶の販売者でしかなくなった、薬剤師という哀れな職業。自分の一生にどんな職業を選ぼうかと自問すると、彼の内心はこのうえない当惑の沈黙におちいったのだった。最後になってやっと医学に決めたといっても、それはどんな密かな魅力でもなくて、利他的な理想主義に従ったにすぎなかった。つまり彼は、医学を文句なしに人間に有益な唯一の仕事で、その技術的な進歩が最小限の否定的な結果しかもたらさないと見なしたのである。

二学年になって解剖室で時間を過ごさねばならなくなると、間もなく幻滅がやってきた。彼は二度と抜け出せないショックをうけた。死体を正視できなかったのだ。ほどなく彼は、真実はもっと悪いものだと認めた。彼は人間の肉体を、つまり肉体の宿命的で無責任な不完全さを、肉体の運行を支配している解体の時計を、血、内臓、苦痛を正視できなかったのだ。

瞼の動きへの不快感をFに話したとき、彼は十六歳だったはずだ。医学を学ぼうと決心したときは、十九歳だったはずだ。その時期にはもう忘却の契約に署名していたので、三年まえにFに言ったことを思い出せなくなっていた。彼には残念なことだった。その想い出は当時の彼に警告を発したかもしれないのに。彼が医学を選んだのはまったく頭だけのことで、どんな些細な自覚もなしに決めたのだと理解させてくれたかもしれないのに。

そんなふうに三年間学んだあと、彼は難破したような気持ちを抱いて医学を放棄した。無駄にしたその年月のあと、他にいったいなにを選んだらよいのか？　彼の内心が以前と同じように無言のままだとすれば、なににしがみついたらよいのか？　彼はすべての列車が出たあと、ひとりプラットホームに取り残されたような気持ちで、これを最後に大学の広い外階段を降りた。

23

シャンタルはこっそり、しかし注意深く見回して、手紙の差出人の身元を突きとめようとした。彼らが住んでいる通りの隅にビストロが一軒あった。彼女を見張りたい者には理想の場所だ。そこからだと彼女の家、彼女が毎日通る二つの街路、それにバスの停留所が見える。彼女はなかに入ってすわり、コーヒーを注文し、客を調べた。カウンターに若い男が見えたが、彼女が入ったとき眼をそらした。それは顔見知りの常連客だ。かつてふたりの視線が何度も出会ったのに、その後彼が気づかないふりをするようになったことさえ彼女は思い出した。

つぎの日、彼女は彼を隣人に示して、「デュバロさんじゃない！　デュバロ（Dubarreau）だったかしら、それともデュ・バロ（du Barreau）だったかしら？」。隣人は知らなかった。「じゃあ、彼の名前は？　あなた知らない？」。いや、隣人は知らなかった。

デュ・バロならぴたりと辻褄が合うかもしれない。いずれにしろ、彼女の賛美者はシャルル＝ディディエ（Charles-Didier）でも、クリストフ＝ダヴィッド（Christophe-David）でもなく、そのDは〔貴族を意味する〕小辞を表していて、デュ・バロにはただひとつの名前しかないのかもしれない。シリル・デュ・バロ（Cyrille du Barreau）、あるいはもっといいのはシャルル（Charles）。彼女は破産した田舎貴族の一家を想像する。その小辞に滑稽な誇りをもっている一家を。無関心を装ってカウンターのまえに立っているシャルル・デュ・バロを想像し、その小辞が彼に似合い、彼の無感動な振る舞いと完全に一致すると思う。

翌日、彼女がジャン＝マルクと一緒に通りを歩いていると、デュ・バロが正面からやってくる。彼女は首に赤い真珠をつけている。ジャン＝マルクの贈り物だったが、派手すぎると思って、めったにつけなかった。それをつけたのはデュ・バロが美しいと思ったからだと彼女は気づく。彼はきっと彼女のせいで、彼のためにあたしがこれをつけているのだと思うにちがいない（それも当然だわ！）。彼はちらっと彼女を見、彼女も彼を見るが、真珠のことを考えて赤くなる。胸まで赤くなったので、きっと彼も気づくにちがいないと確信する。しかし、彼らはもうすれ違い、彼は遠くに行ってしまっている。だから、驚くのはジャン＝マルクのほうだ。「きみは赤くなった！　でも、なぜなんだ？　どうかしたの？」

彼女もまた驚く。どうしてあたしは赤くなったのかしら？　あの男にあんまり気を使いすぎたのが恥ずかしいからだろうか？　でも、あたしが気を使ったといっても、つまらない好奇心にすぎない！　ああ、いったいどうして、このところのあたしは、まるで小娘みたいに、こんなしょっちゅう、こんな簡単に赤くなるのかしら？

じっさい、娘時代の彼女はよく赤くなったものだった。女の生理的な路程の初めにあった彼女には、自分の肉体がなにか厄介なものになり、それが恥ずかしかったのだ。大人になると、赤くなるのを忘れてしまった。やがて、のぼせの突発がその路程の終わりを告げるようになり、自分の肉体がふたたび彼女に恥ずかしい思いをさせることになった。羞恥心が目覚め、彼女は赤くなることを学び直したのだ。

24

他に何通も手紙がやってくるので、彼女はだんだん無視できなくなった。その手紙は知的で、上品で、滑稽なところも迷惑なところも全然ない。差出人はなにも望まず、なにも求めず、なににも固執しない。賢明にも（あるいは狡猾にも）自分自身の人格、生活、感情、欲望をうやむやにしていた。彼はスパイであり、彼女についてしか書いていなかった。誘惑でなく、賛美の手紙だった。また、たとえ誘惑の意図があるのだとしても、それは長い道程だと考えられていた。とはいえ、彼女が今し方受け取ったばかりの手紙は、まえよりずっと大胆だった。「三日間、私はあなたを見失っていました。ふたたびあなたを見たとき、じつに軽やかで、高みを熱望するような足取りのあなたに感嘆しました。あなたは存在するには踊り、高くならねばならない炎に似ていました。かつてなくほっそりしていたあなたは炎に、バッカスの女のように陶然とした野性の明るい炎に包まれていました。私はあなたのことを考えながら、炎で縫われたマントをあなたの裸の体のうえに投げかけます。あなたの白い体を枢機卿の緋色のマントで包み隠すのです。そして、そんなふうにゆったりと覆われたあなたを、赤い寝室の赤いベッドに送り出します、私の赤い枢機卿、最高に美しい枢機卿を！」

その数日後、彼女は赤いネグリジェを買った。彼女は家にいて、鏡に姿を映していた。あらゆる角度から映し、ネグリジェの裾をゆっくりもちあげてみると、かつて自分がこれほどほっそりしていたことも、これほど白い肌をしていたこともなかったような気がしてきた。

ジャン＝マルクが帰ってきた。彼はびっくりしながら、見事な仕立てのネグリジェ姿のシャンタルが、あだっぽく魅惑的な足取りでやってきて、ひらりと身をかわしてのがれ去り、彼を近づけるかと思うとまた逃げるのを見た。彼はその戯れに誘われるまま、アパルトマン中彼女を追い回した。一挙に、男に追いかけられる女という太古からの状況が現出し、彼を魅了する。彼女は大きな丸テーブルのまわりを走っているが、その彼女自身も自分を欲する男のまえを走る女というイメージに陶酔し、やがてベッドのうえに逃げて、首までネグリジェをまくりあげる。その日、彼は思いもかけない新しい力で彼女を愛するが、やがて突然、彼女はだれかがここの、この寝室にいて、物狂おしく注意してふたりを観察しているような気がしてくる。その顔が、彼女に赤いネグリジェを強制し、この愛の行為を強制したシャルル・デュ・バロの顔が見え、そんな彼を想像しながら、快楽の叫び声をあげる。

いまや、ふたりは並んで呼吸している。彼女は自分を見張っている男のイメージに興奮し、素っ裸の体に緋色のマントをまとい、最高に美しい枢機卿として、ひとがいっぱいの教会を横切ったという話をジャン゠マルクの耳にささやく。その言葉に、彼はふたたび彼女を捕らえ、彼女が話しやめない空想の波に揺られながらもう一度セックスする。

やがて、すべてが鎮まり、彼女の眼のまえにはベッドの一角の、ふたりの体にもみくしゃにされた赤いネグリジェしか見えない。なかば閉じた眼のまえにあるその赤い染みはバラの花壇に変貌し、彼女はほとんど忘れていたかすかな香り、すべての男たちにキスをしたいと願うバラの香りを嗅ぐ。

25

つぎの日の土曜の朝、彼女は窓をあけ、うっとりするほど青い空を見た。彼女は自分を幸福で陽気だと感じ、ちょうど外出しようとしていたジャン＝マルクにいきなり言った。

「あのあわれなブリタニキュス、いったいどうしているのかしら？

——なんで？

——彼、あいかわらず好色なのかしら？　今もまだ生きているのかしら？

——どうして彼のことなんか思い出すんだい？

——知らないわ。まあ、なんとなくよ」

ジャン＝マルクが出かけて、彼女ひとりが残った。彼女は浴室にゆき、それからめいっぱいおしゃれがしたくなって、衣裳簞笥のほうに行った。棚を見ると、なにかが注意を引いた。下着用の棚のひとつの山のうえに、きちんと畳んだショールがおいてあったが、彼女はそれをごく無造作に投げ捨てておいたのを思い出した。だれかあたしの持ち物を片づけてくれたのかしら？　家政婦は週に一度やってくるが、彼女の箪笥に触ることはけっしてない。彼女は自分の観察の才能に驚き、これはかつてヴァカンス用の別荘に滞在していたあいだに身につけた教訓のおかげなのだと思った。向こうでは、見張られていると感じるあまり、他人の手が残すかもしれないどんな小さな変化にも気づくように、自分の持ち物の片づけ方を正確に記憶にとどめることを学んだのだ。そんな過去も終わりになったことが嬉しく、彼女は満足し、姿を鏡に映してから外出した。階下の郵便受けを開けると、新しい手紙が待っていた。手紙をハンドバッグに入れて、読む場所をどこにしようかと考えた。彼女は小さな公園を見つけて、太陽に照らされ、黄ばんだ秋の菩提樹（ぼだいじゅ）の、巨大な枝のしたにすわった。

「……歩道に音を響かせるあなたの踵（かかと）は、私が辿ることがなかったいくつかの道、そして一本の樹の枝のように分岐する道のことを考えさせます。あなたはごく若いころの固定観念を私のなかに呼び起こしてくださいました。私はこれからの人生を一本の樹のように想像していたのです。当時の私はそれを可能性の樹と呼んでいました。そんなふうに人生が見えるのは短い瞬間でしかありません。そのあとになると、人生は最終的に強制された一本の道のように、もうそこから外には出られないトンネルのように見えてきます。しかしながら、樹の古い亡霊は消しがたいノスタルジーの形で私たちのなかに残っているのです。あなたはその樹を私に思い出させてくださいました。だから私はお返しに、そのイメージをお伝えし、心を奪うそのつぶやきをおきかせしたく思うのです」

彼女は頭をあげた。上方には、鳥たちに飾られた黄金の天井のように、菩提樹の枝が広がっていた。手紙が語っているのと同じような樹だった。彼女の心のなかで、樹のメタファーが古いバラのメタファーと一体になった。家にもどらねばならなかった。別れのしるしに、彼女はもう一度菩提樹のほうに眼をあげてから立ち去った。

じつをいえば、青春時代の神話的なバラはさして多くの冒険をもたらしたわけではなかったので、彼女は具体的な状況はひとつも想い起こせない——少なくとも十年ほどまえ、会社を訪れた折りに三十分ほど言い寄ってきた、彼女よりずっと年上のイギリス人の、どちらかといえば奇妙な想い出を除いては。希代の女たらし、乱交パーティー好きとしての彼の評判を知ったのは、そのずっとあとになってからだった。その出会いはさして影響をあたえたわけではない、それがジャン＝マルクとの冗談の種になり（ブリタニキュスというあだ名をつけたのは彼だ）、それまで関心がなかったいくつかの言葉を彼女のなかで輝かせたことを別にすれば。そんな言葉のひとつが、たとえば乱交パーティーという言葉、またイギリスという言葉だった。他人たちに惹起するのとは反対に、彼女にとってイギリスは快楽と悪徳の場所を意味するのだ。

帰りの路上、彼女にはあいかわらず菩提樹の鳥たちのざわめきがきこえ、淫蕩な老イギリス人の顔が見える。彼女はそんなイメージの霧のなかをぶらぶら歩き、住んでいる通りに近づく。すると、前方五十メートルほどの歩道にビストロのテーブルが出されていて、彼女宛の手紙の若い差出人がすわっている。彼はひとり、本も新聞ももたず、なにもしないで、赤い風船をまえに、シャンタルの安逸に対応するような幸福な安逸の表情で虚空を眺めている。彼女の心臓が高鳴りだす。これらはすべて、なんて悪魔的に仕組まれているのかしら！　まるであたしが手紙を読んだ直後に、彼と出会うのを知っていたみたいだわ。赤いマントのしたは裸で歩いているとでもいうように、彼女は狼狽し、彼に、彼女の内奥のスパイに近づく。彼女は数歩しか離れていないところで、彼に呼びとめられる瞬間を待つ。どうしよう？　あたしはこんな出会いをけっして望みはしなかったのに！　でも、おどおどした小娘みたいに走って逃げるわけにもゆかないわ。彼女の歩調が緩慢になり、彼を見ないようにする（ああ、あたしはほんとうの小娘みたいに振る舞っている。これはあたしがそれほど年取ったということなのかしら？）。しかし奇妙なことに、彼は赤い風船をまえに、このうえなく無関心に虚空を眺め、彼女など見えないようだ。

彼女はもう彼から遠くに離れ、家のほうに道を進んでいる。デュ・バロは度胸がなかったんだろうか？　あるいは自制したんだろうか？　とんでもない、とんでもない。彼の無関心はなんとも率直だったので、シャンタルはもう疑うことはできない。あたしは間違っていた、グロテスクなくらい間違っていたんだわ。

26

その晩、彼女はジャン＝マルクと一緒にレストランに行った。隣のテーブルでは、一組の男女が果てしない沈黙に沈み込んでいた。他人の眼にさらされた沈黙を管理するのは、容易なことではない。このふたりはどこに視線を向けねばならないのか？　なにも言わずに、互いに相手の眼を見つめ合うのはグロテスクだろう。天井をじっと見る？　それは彼らの無言の見せびらかしだと思われるだろう。隣のテーブルを観察する？　そんなことをすれば、彼らの沈黙を面白がっている視線に出会いかねず、もっと拙い事態になるだろう。ジャン＝マルクがシャンタルに言った。「いいかい、彼らは別に憎しみ合っているわけではないんだよ。愛が無関心に取って代わられたわけでもない。ふたりの人間が交わす言葉の量では、相互の情愛を測定することなんてできないんだ。ただ彼らの頭が空っぽになっているだけなのさ。もしかすると、なにも言うべきことがないのに話し合うのを、デリカシーから拒否していることだってあるかもしれない。ぼくのペリゴールの叔母さんとは逆にね。叔母さんに会うと、彼女、少しの間もおかず話すんだ。ぼくは彼女の能弁の方法を理解してみようとしたことがある。彼女は自分が見、することのすべてに言葉をかぶせるんだね。朝、目を覚まし、朝食にブラック・コーヒーしか飲まなかったが、そのあとで夫が散歩にでかけたとするね。そうすると、ねえ、考えてみてよ、ジャン＝マルク、あのひとって帰ってくると、テレビを見たのよ。考えてみて、あのひとってリモコンのスイッチをカチャカチャ変えていたわ。それから、テレビにも飽きてきて、いろんな本をぱらぱらめくっていたわ。そして、そんなふうに――これが彼女の言葉なんだが――時間が彼を通り過ぎていくんだわ、と言うんだよ。ねえ、シャンタル、ぼくは単純で、ありきたりの、そしてある謎の定義になるような、そんな文句が大好きなんだ。この『そんなふうに時間が彼を通り過ぎていく』というのは根本的な文句だ。彼らの問題というのは時間、時間が過ぎ去ること、疲れ果てた歩行者のように自分たち自身で時間を横切らねばならないこともなく、彼らのほうでなんの努力もせずに、時間がおのずから、ひとりでに過ぎ去っていくことなんだ。そして彼女が話すのはそのためなんだ。というのも、彼女が発する言葉はこっそりと時間を動かすからだ。逆に、口が閉じたままだと、時間が動かなくなり、重く巨大なものとして闇から出てきて、ぼくのあわれな叔母さんを怖がらせる。そうすると、叔母さんはパニックにおちいって、自分の娘が下痢をしている子供のことで悩んでいるといった話のできる相手を急いで捜すんだ。そうなのよ、ジャン＝マルク、下痢、下痢なの、彼女お医者さんに会いに行ったのよ、あなたは知らないけど、わたしたちの家からそう遠くないところに住んでいるの。わたしたちはかなりまえから知っている、そうなの、ジャン＝マルク、かなりまえからよ、わたしもお世話になったわ、そのお医者さんに。わたしが風邪をひいた冬にね。覚えているでしょう、ジャン＝マルク、わたしは風邪をひいたの、それがひどい熱でねえ……」

シャンタルが微笑すると、ジャン＝マルクは別の想い出を語った。「ぼくが十四歳になったかならないときに、祖父が、指物師のほうじゃなくて、もうひとりの別の祖父が死にかけていた。彼はよく、なににも似ていない、病気で苦しんでもいなかったから、うめき声にさえも、はっきり発音できない言葉にさえも似ていない音を口から発していた。いや、彼は言葉を失ってなんかいなかった。それはただ、なにも言うべきことも、伝えるべきこともなく、どんな具体的なメッセージもなかったからなんだ。彼には話相手さえいなかった。もうだれにも関心がなく、ひとりで音を、ただひとつの音を、空気を吸わねばならないときだけ中断される、アアアアアという音を発していた。ぼくは催眠にかけられたように、そんな彼を眺めていた。あれはけっして忘れられない。というのは、まったくの子供だったといっても、ぼくにはわかると思ったからだ。これがあるがままの時間に対面した、あるがままの人生なのだと。そしてぼくは、その対面こそ退屈と呼ばれるものなのだと理解したんだ。ぼくの祖父の退屈はその音、その果てしないアアアアという音で表現されていた。なぜって、そのアアアアがなければ、時間が彼を押しつぶしたかもしれなかったから。だから、ぼくの祖父は時間にたいして振りかざすべきその唯一の武器、終わりのない、そのあわれなアアアアしかもっていなかったんだ。

――彼が死にかけていて、退屈していたと言いたいの？

――それがぼくの言いたいことだ」

彼らは死について、退屈について話し、ボルドー・ワインを飲み、笑い、面白がり、幸福だ。

やがて、ジャン＝マルクが自分の考えにもどった。「もし退屈が測定できるとしたら、今日では退屈の量は昔よりはるかに高くなっていると言ってもいい。なぜって、昔の職業、少なくともその大半は、情熱のこもった愛着なしには考えられなかったからだ。自分の土地を愛している農夫たち。美しいテーブルの魔術師だったぼくの祖父。村人全員の足をそらで覚えていた靴屋たち。樵（きこり）たち。庭師たち。ぼくが思うに、兵士たちでさえ情熱をもって殺していたはずだよ。人生の意味なんて問題ではなかった。それはごく自然に、彼らの仕事場に、戦場に彼らとともにあったんだ。どんな職業も固有の心性、固有の存在様式を創りだしていたんだ。医者は農夫とは別の考え方をしていたし、軍人には教師とは別の振る舞い方があった。今日では、ぼくらはみんな同じで、みんな自分の仕事にたいする共同の無関心によって結びついている。その無関心が情熱になったんだ。ぼくらの時代の唯一最大の集団的情熱にね」

シャンタルが言った。「だけど、言って、あなた自身スキーの指導員だったとき、建築について、そのあとで医学について雑誌に書いていたとき、また家具店のデザイナーとして働いていたとき……。

――……そう、あれがぼくがもっとも好きだったことだったな。でも、うまくゆかなかったんだ……。

――あるいは全然なにもすることがなくて失業者だったときには、あなただってやっぱり、退屈したにちがいないわ！

――ぼくがきみを知ったときに、すべてが変わったんだ。つまらない仕事が面白くなったからじゃない。そうではなく、まわりで起こっていることをすべて、ぼくらの会話の材料に変えるからなんだ。

――別のことだって話せるでしょうに！

――世の中から孤立し、ふたりだけで愛し合っているふたりの人間、それはとても美しいよ。でも彼らは、なんによってそのふたりだけの状態に滋養をあたえるんだろうか？　たとえこの世の中がどんなに軽蔑すべきものだとしても、彼らが話し合えるためには、その世の中を必要とするんだよ。

――黙っていることもできるわ。

――隣のテーブルの、あのおふたりさんみたいに？　とジャン＝マルクは笑った。ああ、いや。どんな愛も沈黙に抵抗して生き延びられはしないさ」

27

ボーイがデザートをもって、彼らのテーブルにかがみこんでいた。ジャン＝マルクは別の話題に移った。「ときどきぼくらの通りにやってくる、あの物乞いを知っている？

——いいえ。

——知っているとも。ぜったい気がついたはずだよ。公務員か、リセの先生のような恰好をして、当惑のあまり石化したみたいに手を差し出して何フランか懇願する、あの四十代の男だ。

——いいえ。

——知っているとも！　彼はいつもプラタナス、通りにたった一本だけ残されたプラタナスのしたにじっと立っているんだから。窓からその樹の葉だって見えるんだよ」

プラタナスのイメージによって、彼女は不意に思い出した。「ああ、そうだ！　わかったわ！

——ぼくは彼に話しかけて会話をはじめ、彼がどういう人間か、もっと正確に知りたくてたまらないんだ。でも、それがどんなに難しいことか、きみには見当もつかないだろうな」

シャンタルにはジャン＝マルクの最後の言葉がきこえず、その物乞いが見えてくる。一本の樹のしたの男。目立たず、その控え目さが見る者を驚かせる男。いつも完璧な服装をしているので、通行者には物乞いをしているとはなかなか理解できない。数カ月まえ、彼は彼女に言葉をかけ、とても丁重に施しを求めたことがあった。

ジャン＝マルクがつづけた。「それが難しいのは、きっと彼が疑い深いにちがいないからなんだ。ぼくがなぜ話しかけたいのか、彼には理解できないだろう。好奇心によって？　彼はそれを恐れるにちがいない。憐れみによって？　それは屈辱的だ。彼になにかを申し出ることによって？　ぼくは彼の身になって、自分なら他人になにを期待するだろうか理解してみようとしたが、なにも見つけられなかった」

彼女はその樹のしたにいる彼を想像してみる。そしてその樹が不意に、またたくまに、彼こそ手紙の作者だと彼女に理解させる。彼は樹のメタファーによって、図らずも自分の正体を洩らしたのだ。彼、樹のしたに立ち、樹のイメージに満たされたあの男。たちまち彼女の考えがつながる。職もなく、自分の時間をたっぷりもっている男、あの彼以外のだれも、郵便受けにこっそりと手紙を入れることとなんてできはしない。いるかいないかわからない状態のヴェールに包まれているあの彼以外のだれも、毎日の暮らしのなかで、気づかれずにあたしの後をつけることはできないのだ。

するとジャン＝マルクがつづけた。「ぼくは彼に言ってみてもいいんだ、来て地下倉庫を片づけるのを手伝ってもらえませんかと。彼は断るだろう。それは怠惰からではなく、彼は働くための服をもっていないし、自分のコスチュームをきれいなままにしておきたいからだ。でも、ぼくは彼と話してみたくてたまらないんだ。というのも、彼はぼくの分身だから」

シャンタルはジャン＝マルクの話をきかずに言った。「彼の性生活って、いったいどうなっているのかしら？

――彼の性生活だって、とジャン＝マルクは笑った。なにも、なにもないさ！　夢だけだよ！」

夢、とシャンタルは思う。じゃあ、あたしは不幸な男の夢でしかないってわけか。どうして彼はあたしを、まさしくあたしを選んだのかしら？

すると、ジャン＝マルクはふたたび自分の固定観念にもどった。「いつか、彼に言ってみたいね、来て一緒にコーヒーを飲みませんか。あなたはぼくの分身なんですよ。ぼくがただ偶然免れたにすぎない境遇に、あなたは生きておられるんですからと。

たことなんてないでしょう。

――馬鹿なことを言わないで、とシャンタルが言う。あなたはそんな境遇になりかけたことなんてないでしょう。

――大学を中退し、すべての列車が行ってしまったときのことを、ぼくはけっして忘れていないんだ。

――そう、知っている、知っているわ、ともう何度もその話をきいていたシャンタルが言う。でも、どうしてあなたのごく小さな失敗を、通行者が手に一フラン握らせてくれるのを待っている男の、ほんとうの不幸に比べられるの？

――勉学を断念するのは、別に失敗ではないさ。あのときぼくが断念したのは、野心なんだよ。ぼくは突然、野心のない人間になってしまった。そして野心を失って、一挙に世の中から離れてしまったんだ。それにもっと悪いことに、それ以外のところにいたい気なんてまったくしなくなったんだ。ぼくはどんな悲惨な目にもあいそうもなかったから、なおさらそんな気がしなくなったんだ。でも、もしきみが野心をもたず、成功し、ひとに認められたいという貪欲さをなくしたら、転落の淵に嵌まりこむことになるよ。ぼくはそこに嵌まりこんでいる。たしかにまったく快適に、だけれどもね。それでも、嵌まりこんだのが転落の淵だということに変わりはない。だからぼくは、別に誇張して言っているわけでなく、あの物乞いの側にいるので、こんなにいい思いをしているこの素晴らしいレストランの主人の側にはいないんだよ」

シャンタルは思う、あたしはひとりの物乞いのエロスのアイドルになったのかしら。ずいぶん滑稽な名誉だわ。やがて彼女は考えを正す。でも、どうしてひとりの物乞いの欲望が会社の社長の欲望よりも尊敬に値しないことになるのかしら？　その欲望には希望がないからこそ、かえって測りしれない長所があるのだ。それは自由で、誠実な欲望だから。

それからまた、別の考えが浮かんでくる。赤いネグリジェ姿でジャン＝マルクとセックスしたあの日、一緒にいてふたりを観察していた第三者はビストロの若い男ではなく、あの物乞いだったんだ！　じっさい、あたしの肩に赤いマントを投げかけたのはあの彼、あたしを淫乱な枢機卿にしたのもあの彼だったんだ！　しばらくのあいだ、その考えは辛く、迷惑なものに思えるが、しかしたちまちユーモアの感覚が優位を占めてきて、彼女は内心黙ってほくそ笑む。どこまでも臆病で、感動的なネクタイをして、ふたりの寝室の壁に張りつき、手を差し出して、眼前でのたうちまわっているふたりにじっと眼を凝らし、淫乱に眺めているその男を彼女は想像する。セックスの場面が終わって、素っ裸で汗まみれの彼女がベッドから起きあがり、テーブルのうえのハンドバッグをとって小銭を捜し、彼の手に握らせてやるのを想像する。彼女はやっとのことで笑いを抑える。

28

ジャン＝マルクはシャンタルを眺めていたが、その顔は突然、密かな活気に輝いた。彼は彼女を眺める悦(よろこ)びを味わうことで満足し、その理由を尋ねる気にはなれなかった。彼女が自分の荒唐無稽なイメージに没頭している一方で、彼のほうは自分にとってシャンタルは世の中との唯一の感情的な絆(きずな)なのだと思っていた。囚人たち、迫害された者たち、飢えた者たちの話をきくとき、彼らの不幸に個人的に、痛ましく心を打たれると感じる方法を、おれはただひとつしか知らない。シャンタルを彼らの立場においてみることだ。内戦のあいだに強姦(ごうかん)される女たちの話をきくとき、おれはそこに強姦されるシャンタルを見る。おれを無関心から解き放ってくれるのは彼女で、他のだれでもない。彼女を仲介にしてしか、おれは同情することができないのだ。

彼はできればそのことを彼女に言ってやりたいが、悲壮な感じになるのが恥ずかしかった。不意にそれとはまったく反対の別の考えが浮かんできたので、なおさら恥ずかしかった。もしおれを人間たちに結びつけているこの唯一無二の存在を失ったら？　彼は彼女の死のことではなく、なにかもっと微妙で、捕らえがたいことを考えていた。このところの彼はずっとその考えにつきまとわれていたのだ。いつか、おれは彼女を見分けられなくなるのではないか。いつか、シャンタルが一緒に暮らしてきたシャンタルでなく、海岸で取り違えたあの女だと気づくことになるのではないか。おれにとってシャンタルが象徴していた確信がやがて幻想だったとわかり、彼女は他のすべての女と同じように、どうでもよい女になってしまうのではないか。

彼女は彼の手をとった。「どうしたの？　あなた、また寂しそうになったわよ。数日まえから、あたし、あなたが寂しそうだって気づいているの。どうしたの？

――いや、なんでもない。まったくなんでもないよ。

――そうじゃないわ。言って、なにが今のあなたを寂しがらせているの？

――きみがだれか別のひとかもしれないと想像したんだ。

――なんですって？

――きみはぼくの思っているのとは別人なのだと。ぼくはほんとうのきみについて間違っていたのだと。

――あたし、理解できないわ」

彼にはブラジャーの山が見えてきた。ブラジャーの寂しい山。滑稽な山。しかしその光景をとおしてたちまち、眼前にすわっているシャンタルの現実の顔がふたたび透けて見えてきた。彼は手に彼女の手が触れるのを感じた。すると、眼のまえに見知らぬ人間、あるいは裏切り者がいるという印象がたちまち消え去ってしまった。彼は微笑した。

「これは忘れて。聞き流して」

29

ふたりがセックスしている寝室の壁に背中をぴたりと張りつけ、手を差し出し、ふたつの裸の肉体に貪欲な視線を注いでいる。レストランでの夕食のあいだ、彼女はそんなふうに彼のことを想像したのだったが、その彼がいまや樹に背中をぴたりと張りつけ、ぎこちなく歩行者に手を差し出している。とっさに気づかないふりをしたくなるが、やがてぼんやりと、こんがらかったこんな状況に思い切って決着をつけてやろうと考え、彼女は意図して、わざと彼のまえに立ちどまる。彼は眼をあげずに、決まり文句をくりかえす。「私をお助けくださいませ」

彼女は彼を見る。彼は気味が悪いくらい清潔で、ネクタイをし、ロマンスグレーの髪をバックにしている。美しいのか、醜いのか？　彼はその身の上のせいで美醜を超えているように見える。彼女はなにか話しかけたいが、なにを言っていいのかわからない。

当惑のあまり口もきけず、ハンドバッグをあけて小銭を探すが、数サンティームを除いてなにも見つからない。彼は立ち、不動の姿勢で恐ろしい掌を差し出している。そんなふうに不動でいることが、沈黙の重みをさらに何倍にもする。申し訳ありません、わたしには持ち合わせがないのです、とはとても言えないと思う。だから彼女は紙幣をやりたいのだが、二百フラン札しかない。それでは不釣り合いな施しになってしまうので、彼女は赤くなる。そんな施しをすれば、想像上の恋人を引きとめ、恋文を送りつづけてくれるよう余分にお金を支払ってやるようなものだから。物乞いは手に冷たい金属の小さい断片でなく紙を感じると、顔をあげる。すっかり驚いた彼の眼が見える。それは驚愕した眼差しなので、彼女は気詰まりになり、急いで遠ざかる。

彼の手に紙幣を握らせたときはまだ、自分の崇拝者にやるのだと思っていた。遠ざかりながら、彼女はやっと少しばかり明晰になれる。彼の眼にはどんな共謀の光もなかった。共同の冒険へのどんな無言の示唆もなかった。正直で完全な驚き以外のなにもなかった。哀れな男の怯えきった動転しか。突然、すべてが明瞭になる。あの男が手紙の作者だと考えるのは、じつに馬鹿げたことなんだ。自分自身にたいする怒りが頭にのぼってくる。こんな下らないことに、あたしはどうしてこれほど注意を払うんだろう？　たとえ想像だけの話だとしても、退屈している暇人がでっちあげたこんなつまらない冒険に、どうして加わったりしたんだろう？　ブラジャーのしたに隠してある手紙の包みのことを考えると、突然、我慢できなくなる。彼女がすることすべてを秘密の場所から窺っているけれども、なにを考えているのかわからない観察者を思い描いてみる。その観察者に見えることだけだと、彼はあたしを男に飢えているじつに平凡な女だと、もっと悪い場合には、夢見ている愛の記録をいちいち神聖な物として取っておく、愚かでロマンティックな女だと思うかもしれない。

眼に見えない観察者の、その愚弄するような眼差しがもう耐えられなくなり、彼女は家に着くなり、衣裳簞笥のほうにゆく。ブラジャーの山が見えるが、なにかが彼女の眼を引く。しかし、もちろん昨日もすでに気づいていた。ショールが自分で畳むようには畳まれていなかったのだ。幸福感に浸っていた彼女は、すぐにそのことを忘れてしまった。しかし今度ばかりは、自分のものではない手の痕跡を見逃すことはできない。ああ、あまりにも明白だ！　彼が手紙を読んだんだ！　あたしを見張っているんだ！　探っているんだ！

彼女は怒りでいっぱいになるが、その怒りはいくつもの標的に向けられている。許可も求めず、手紙で彼女をうんざりさせる見知らぬ男、愚かしくそれを隠しもっている自分自身、そして彼女を探っているジャン＝マルクに。彼女は包みを引き出し、（もう何度目になるのだろう！）トイレにゆく。そこで、引きちぎり、水と一緒に流してしまうまえに、最後にもう一度手紙を見るが疑い深くなり、どうもその筆跡が怪しいと思えてくる。彼女は注意深く手紙を調べる。いずれも同じインクで、どの署名もとても大きく、やや左下がりだが、まるで書いた者が同じ筆跡を保てなかったとでもいうように、手紙ごとに異なっている。その観察がひどく奇怪に思われたので、またしても彼女は手紙を破り捨てず、テーブルにすわって読み返し、クリーニング店に行ったときの彼女を描写した二番目の手紙に注目する。あのとき事態はどんなふうに進行したのか？　あたしはジャン＝マルクと一緒で、スーツケースを運んでいたのは彼だった。あたしはよく覚えているけど、なかで女主人を笑わせたのも彼だった。この手紙の差出人はあの笑いに言及している。しかし、どうして彼にその笑い声がきこえたんだろう？　道からあたしを見たと言っている。だれがあたしに気づかれずに、あたしを観察できたというんだろう？　デュ・バロなんかいないんだ。物乞いなんかいないんだ。たったひとりの人物、あたしと一緒にクリーニング店に入った男がいるだけだ。そして、あたしがジャン＝マルクへの不器用な攻撃だと受け取った「あなたの人生につけくわえられたもの」という文句、あれはじつはジャン＝マルク自身のナルシスティックな気取りだったのだ。そう、彼はナルシシズムによって思わず自分の正体を暴露したのだ。きみの行く手に別の男がいると、たちまちぼくはきみの人生につけくわえられた無益な物でしかなくなると言おうとしていた、ぼやくようなナルシシズムによって。やがて彼女は、レストランでの夕食の終わりの、あの奇妙な文句を思い出す。彼はあたしに言った、たぶん、ぼくはほんとうのきみについて間違っていたのかもしれない。たぶん、きみはだれか別人なのだていた。じゃあ、彼なんだ、スパイは。彼はあたしを検査し、あたしが彼の思っているような人間でないことを確かめるために、あたしを使って実験しているんだ！　見知らぬ男の名前であたしに手紙を書き、そのあとであたしの行動を観察し、探っているんだ、衣裳簞笥まで、ブラジャーまで！

でも、どうしてそんなことをするんだろう？　彼はあたしを罠にかけたいのだ。

ただひとつの答えしか考えられない。彼はあたしを罠にかけたいのだ。

でも、どうしてあたしを罠にかけるんだろうか？

あたしを厄介払いするためだ。じっさい、彼のほうが若いんだし、あたしは老けてしまったんだもの。いくらのぼせを秘密にしておいても、あたしが老けてしまったんだから、それは隠せない。彼はあたしと別れる理由を捜している。それでも彼は、きみは老けたが、ぼくのほうは若いなんて言えないだろう。そんなことをするには、礼儀正しすぎるし、優しすぎる。しかし、あたしが彼を裏切っている、裏切ることができるという確信を得られたら、あんなに旧くからの友人Fを自分の人生から遠ざけたのと同じ冷淡さで、あたしと別れるだろう。なんとも不思議なくらい快活だったあの冷淡さに、あたしはずっと怯えたものだった。いまのあたしにはわかる、あの怯えは虫の知らせだったのだ。

30

彼はシャンタルの紅潮をふたりの愛の記念帳の冒頭に記載していた。ふたりはシャンパン・グラス、トースト、テリーヌ、ハムなどを満載した長いテーブルのまわりにいる室内の大勢の人々にまじって、はじめて出会った。それは山のホテルで、そのとき彼はスキーの指導員をしていたので、偶然の戯れによって一晩だけ、毎日ちょっとしたカクテル・パーティーで終わる討論会のメンバーに加わるよう招待されたのだ。だれかがついでに彼女に手短かに紹介してくれたが、互いの名前さえ覚えられなかった。ふたりは他人のいるところでは二言、三言しか言葉を交わせなかった。翌日ジャン＝マルクは招待もされていないのに、もっぱら彼女にもう一度会うためにだけやってきた。彼の姿を認めると、彼女は赤くなった。頬だけでなく、頸、それからもっと下の、あらわな肩や胸元まで赤くなった。みんなの眼のまえで見事に赤くなった。彼のせいで、彼のために赤くなったのだ。その紅潮が愛の告白になり、その紅潮がすべてを決めた。三十分後、彼らは長い廊下の薄暗がりのなかでふたりきりになることができ、ただの一言も発することなく、貪欲にキスをした。

その後の数年間、彼女が赤くなるのをもう見なくなったという事実は、あのときの紅潮が例外的だったことを確認してくれるものだったので、ふたりの遠い過去のなかで筆舌に尽くしがたい値打ちのあるルビーのように輝いていた。その後のある日、彼女が、男たちがもうあたしを振り返ってくれなくなったと言った。この文句自体は取るに足らない言葉だったが、それに伴った彼女の紅潮のせいで重要なものになった。その紅潮はふたりの愛の言葉であり、彼女が発した文句と結びつけてみると、老いてゆく悲しみを語っているように思えるその色彩の言葉に耳を貸さないわけにはゆかなかった。だからこそ彼は、他人の仮面のもとに彼女に書いたのだった。「私はスパイのようにあなたの後をつけてます、あなたは美しい、とっても美しい」と。

最初の手紙を郵便受けに入れたとき、彼は別の手紙を送ろうとは思ってもいなかった。どんな計画があったわけでも、どんな未来を射程におさめていたわけでもなく、ただ彼女を喜ばせ、いますぐに、男たちがもうあたしを振り返ってくれなくなったという、そんな気の滅入るような印象を払いのけてやりたかっただけだ。彼は彼女の反応を予測しようとはしなかった。にもかかわらず、もしそれを推察しようとつとめたとすれば、彼女がその手紙を見せて、「見てよ！　それでも、男たちはあたしのことをまだ忘れていなかったのね！」と言うのが推測できたかもしれないし、そうすれば彼も、恋する男の無邪気さのありったけを発揮して、その見知らぬ男の称賛に自分自身の賛辞をつけくわえたかもしれない。ところが、彼女は彼にはなにも見せなかった。そのエピソードは終止符がなく、開かれたままだった。つづく日、絶望し、死の想念の虜（とりこ）になっている彼女の不意を襲って驚かした。その結果、彼は仕方なしにつづけることになったのだ。

二通めの手紙を書きながら、彼は思っていた。おれはシラノ［フランスの劇作家エドモン・ロスタン（一八六八―一九一八）の戯曲『シラノ・ド・ベルジュラック』の主人公］になる。シラノは他人の仮面をつけて愛する女に愛の告白をする男、自分の名前が取り除かれると、突如雄弁が解き放たれることになる男だ。そこで彼は、手紙の末尾にC. D. B. という署名をつけくわえた。それは彼だけの暗号だった。まるで自分の一時の夢の密かなしるしを残しておきたいとでもいうように、C. D. B. つまりシラノ・ド・ベルジュラック（Cyrano de Bergerac）と。

シラノ、彼はそれになりつづけた。彼女が自分の魅力を信じられなくなったのではないかと疑い、彼女に自分の体を想い起こさせてやった。彼女がふたたび誇りに思うようにと、体の部分を一つひとつ、顔、鼻、眼、頸、脚などを指し示そうとした。彼女が以前より楽しそうにおしゃれをするようになり、ずっと快活になったのを確認して嬉しかったが、同時にその成功は彼を悔しがらせた。以前の彼女は、彼が頼んでも、頸に赤い真珠をつけるのを好まなかったのに、他人の言うことなら従うのだ。

シラノは嫉妬なしには生きられない。折り悪く、シャンタルが衣裳簞笥の棚に身をかがめている寝室に入ってしまった日、彼は彼女の当惑にはっきり気づいた。彼はなにも見なかったふりをしながら、眼を洗浄する瞼の話をした。衣裳簞笥を開けて、ブラジャーの山のしたに二通の手紙を見つけたのはその翌日、彼がひとりで家にいたときだった。

そのとき彼は考え込み、どうして彼女がこれを見せてくれなかったのかともう一度思った。答えは簡単に思われた。男が女に手紙を書くのは、のちになって女を誘惑する地ならしをするためだ。そして女がその手紙を秘密にしておくのは、今日の慎みによって明日の冒険を護りたいからだ。また、女が手紙をとっておくのは、未来の冒険を愛として理解する気になっているからだ。

彼は開いた衣裳簞笥のまえに長いあいだじっとしていたが、その後、郵便受けに新しい手紙を置く度に、それがあの場所に、ブラジャーのしたにあるかどうか確かめにいくようになった。

31

もしジャン＝マルクが浮気をしていたと知ったのなら、シャンタルは苦しむことは苦しむだろうが、それは最悪の場合、彼から予期できることに対応している。しかし、このスパイ活動、彼が彼女に受けさせたこの警察みたいな実験、それは彼女が彼について知っているなににも対応していない。ふたりが知り合ったとき、彼は彼女の過去の人生についてなにも知りたがらず、ききたがらなかった。彼女はたちまちその徹底的な拒否に同意した。彼にたいしてどんな秘密も一度ももったことはなく、沈黙を守るのは彼自身がききたくないことだけだった。いったいどんな理由で、彼が突如彼女を疑い、監視しはじめたのか、彼女にはまったくわからない。

やがて突然、彼の顔を振り向かせた枢機卿の緋色の衣裳に関する文句を思い出し、彼女は恥ずかしくなる。他人があたしの頭に蒔いたイメージに、あたしはなんと簡単に影響されたんだろう！　彼にはどんなに滑稽に思われたことだろう！　彼はあたしを兎みたいに小屋のなかに入れたんだ。意地悪く、面白がって、あたしの反応を観察しているんだ。

でも、もしあたしが間違っていたら？　あたしはもう二度も、差出人の正体を暴いたと信じて間違ったのではないだろうか？

彼女は昔ジャン＝マルクが書いてきた何通かの手紙を探しにいって、C.D.B.の手紙と比べてみる。ジャン＝マルクはやや右下がりの筆跡で、字はむしろ小さいが、見知らぬ男のすべての手紙では筆跡はたっぷりとし、左下がりだ。しかしまさにこんな見え透いた相違こそ、逆にごまかしを暴露しているのだ。自分の筆跡を隠したい人間はまず、その傾きと大きさを変えようと考えるものだ。シャンタルはジャン＝マルクと見知らぬ男のfやoを比べてみようとする。大きさの違いにもかかわらず、形がむしろ似ているように思われる。しかし、ずっと比べ、比べつづけていると、確信がなくなる。ああ、だめだ、あたしは筆跡鑑定家じゃないから、なんにも確信がもてないわ。

彼女はジャン＝マルクの一通の手紙とC.D.B.の署名のあるもう一通の手紙を選んで、ハンドバッグに入れる。他の手紙はどうしようか？　もっといい隠し場所を見つける？　いったいなんの役に立つのか。ジャン＝マルクはこの手紙を知っているのだし、あたしが隠す場所さえ知っている。あたしが見張られていると感じていることを彼に悟らせてはならない。そこで彼女は、それらがいつもあったのとまったく同じ衣裳箪笥のなかにしまう。

やがて、彼女は筆跡鑑定事務所のドアのベルを鳴らした。ダークスーツをきた若い男が彼女を迎え、廊下を通って事務室に連れていった。テーブルのうしろにシャツ姿の屈強な別の男がすわっていた。若い男は部屋の奥の壁にもたれてじっとしていたが、屈強な男が立ちあがって手を差し出した。

男がすわりなおすと、彼女はその正面の肘掛け椅子に席をとり、ジャン＝マルクの手紙とC・D・B・の手紙をテーブルのうえにおいた。彼女が当惑しながら、なにを知りたいのか説明すると、男がいきなり冷淡な口調で言った。「私はあなたが身元を知っておられる人間の心理分析をすることはできます。しかし、改竄（かいざん）された筆跡の心理分析をするのは困難なのです。

——わたしが必要なのは心理分析じゃありません。この手紙を書いた人間、もしわたしが推測しているように、その人間がこれを書いたのなら、彼の心理は充分に知っているんです。

——もし私がよく理解できたとすれば、あなたが望んでおられるのは、この手紙を書いたひと——あなたの恋人かご主人——が、ここでその筆跡を変えているひとと同一人物だという確信を得たいということですね。

――それは必ずしも正しくありません、と彼女は困惑して言った。

――必ずしも正しくないといっても、ほとんどそうでしょう。ただ、奥さん、私は筆跡鑑定家＝心理学者であって、私立探偵ではないのです。それに私は警察とも協力していないのです」

小さな部屋に沈黙が落ちてきたが、ふたりの男のいずれもその沈黙を破ろうとしないのは、彼女にどんな共感も覚えていなかったからだ。

彼女は体の内部にのぼせの波、力強く、野性の、膨張する波が立ちのぼるのを感じ、赤くなった。全身すっかり赤くなった。またしても、枢機卿の緋色のマントについての言葉が彼女の心をよぎった。というのも、じっさい、彼女の体はいまや炎で縫われた豪奢なマントに覆われていたのだから。

「あなたは来る場所を間違えられたのです、とさらに男が言った。ここは密告相談所ではないんですよ」

彼女には「密告」という言葉がきこえて、炎のマントが恥のマントになった。立ちあがって手紙を取り戻そうとした。しかし、彼女がその手紙を取るまえに、ドアのところで出迎えた若い男がテーブルの反対側にまわっていた。屈強な男のそばに立ったその若い男は、注意深くふたつの筆跡を眺め、「もちろん、これは同一人物ですよ」と言ってから彼女に向かい、「このtをごらんなさい、このgをごらんなさい」

突然彼女はその男に思い当たる。この若い男、これはあたしがジャン＝マルクを待っていたノルマンディーの町のカフェのボーイだわ。そして、そう思い当たると、かっかとほてっている体の内部で驚く自分自身の声がきこえる。でも、こんなこと、こんなことはすべて現実じゃない！　あたしはどうかしているんだ、どうかしているんだ。こんなことが現実のはずはないのだ！

若い男は顔をあげ、（まるでちゃんと認めてもらうために、自分の顔を見せたいとでもいうように）彼女を見つめ、馬鹿にするような甘ったるい微笑を浮かべて言った。

「もちろんですよ！　これは同じ筆跡です。このひとはただ字を大きくし、左下がりにしただけなんですよ」

彼女はもうなにもききたくない。「密告」という言葉が他のすべての言葉を追い払ってしまったのだ。彼女は自分を、浮気のベッドのシーツのうえに見つけた髪の毛一本を証拠に、恋人を警察に密告する女のようだと感じる。やっと手紙を取り返した彼女は一言も発せず、くるりと向きを変えて立ち去る。またしても、若い男は場所を変えている。彼はドアのそばにいて、ドアを開けてくれる。彼女は彼から六歩ほど離れたところにいるが、その小さな距離が果てしないような気がしてくる。彼女は赤くなり、ほてり、汗びっしょりになっている。彼女のまえにいる男は傲慢なほど若々しく、彼女の哀れな体を傲慢に見つめている。彼女の哀れな体を！　若い男の視線にさらされた彼女は白日のもと、クイックモーションで、自分がみるみるうちに老けてゆくのを感じる。

彼女にはノルマンディーの海辺のカフェで経験した状況がくりかえされるような気がしてくる。男が媚びへつらうような微笑を浮かべながらドアに向かう道を塞ぐので、外に出られないのではないかと恐れたときの状況が。同じいたずらをされるのを待ち受けるが、男は事務所のドアの脇に立って慇懃に控えているだけで、彼女を通してくれる。やがて、老女のような覚束ない足取りで、彼女は入口のドアに向かって廊下を歩く（男の視線が濡れた背中に重くのしかかってくるのを感じる）。それから、やっと踊り場に出ると、大きな危険から逃れたような気持ちになる。

32

ふたりがなにも言わず、まわりに見知らぬ通行者しか見ずに一緒に通りを歩いていたあの日、どうして彼女は突然赤くなったのだろうか？　あれは説明しようのないことだった。あのとき彼は面食らい、自分の反応を抑制できなかった。「きみは赤くなった！どうして赤くなったんだ？」。彼女は答えなかったが、彼はなにも知らないなにかが彼女のなかに起こっているのを見てうろたえた。

まるでそのエピソードが彼の愛の記念帳の豪勢な色にふたたび火をつけたように、彼は枢機卿の緋色のマントに関する手紙を彼女に書いた。そのときはシラノの役になりきり、彼女を魅了するという最高の快挙をなしとげた。彼は自分の手紙、誘惑が誇らしかったが、かつてなかったほど強い嫉妬を覚えた。彼は人間の亡霊を創りだし、そのことによって心ならずも、他人の誘惑にたいする感度を測定する試験をシャンタルに受けさせたのだ。

　彼の嫉妬は若いころ、想像力によってエロティックで悩ましい妄想がかき立てられたときに経験したものとは似ていなかった。今度の嫉妬はそれほど苦しくはなかったが、ずっと破壊的だった。その嫉妬はごく静かに、愛する女を愛する女の幻影に変えていった。そして彼にとって彼女がもはや安心できる存在ではなくなったので、世の中という価値のない混沌のなかにはもうどんな安定点もなくなってしまった。実体が変化した（あるいは、実体がなくなった）シャンタルをまえにして、メランコリックで奇妙な無関心が彼を捕らえた。彼女にたいする無関心ではなく、すべてにたいする無関心が。もしシャンタルが幻影なら、ジャン＝マルクの全生活もまたひとつの幻影になってしまう。

　結局、彼の愛が嫉妬と疑惑に打ち勝った。開いた衣裳箪笥のまえに身をかがめ、いくつものブラジャーに眼を凝らしていると、どうしてそんなことが生じたのかわからないけれども、突然感動を覚えた。下着のしたに手紙を隠す女たちの、そんな大昔からの動作、彼の比類のない唯一のシャンタルが同類たちの果てしない行列に並ぶ、そんな動作をまのあたりにして感動した。これまで彼は、共有しなかった彼女の私生活の部分についてなにかを知りたいと思ったことは一度もなかった。ではなぜ、いまさらそれに関心をもち、しかも憤慨する必要があるのか？

　それに、と彼は自問した。私的な秘密とはなんなのか？　人間のなかでもっとも神秘的なもの、個人的なもの、独創的なものが隠されているのはそこなのだろうか？　シャンタルをおれが愛するあの唯一の存在にしているのは、彼女の私的な秘密なのだろうか？　いや、そうではない。秘密のものとはもっとも共通の、もっとも凡庸な、もっとも反復的な、そして万人に固有のものなのだ。身体とその欲求、病気、癖、たとえば便秘、あるいは月経など。ぼくらが恥ずかしそうにそんな私的なことがらを隠すのは、それが個人的なものだからではなく、逆に嘆かわしいほどなんとも非個人的なものだからだ。シャンタルが自分の性に属し、他の女たちに似ていて、ブラジャーをつけ、それとともにブラジャーの心理をもっていることを、どうして恨んだりできるのか？　まるでおれ自身が永遠に男性的なものの愚劣さに属していないとでもいうように！　ぼくらはふたりとも、瞼のばらばらな動きによって眼が台なしにされ、悪臭を放つ小さな工場を腹に据えつけられたあの手仕事のアトリエから起源を引き出しているのだ。ふたりとも、哀れな魂がわずかの場所しか占めていない身体をしているのだ。そんなことは互いに許し合うべきではないのか？　引き出しに隠している卑小なみすぼらしさなど、無視すべきではないのか？　彼はかぎりない同情に捕らえられ、この話に終止符を打つために最後の手紙を書こうと決心した。

33

彼は一枚の紙のうえにかがみこんで、かつての彼であった（最後だが、現在もそうである）シラノが可能性の樹と呼んでいたもののことを再びぼんやりと考える。可能性の樹とは、成年の人生の入口に達して驚いている人間に現れるがままの人生、歌っている蜂たちがいっぱいいる豊かな枝のことだ。そして彼は、なぜ彼女がけっして手紙を見せてくれなかったのか理解できるように思う。彼女は樹のざわめきをひとりで、おれなしできたかったのだ。というのも、おれ、ジャン＝マルクはあらゆる可能性の廃止を意味しているのであり、彼女の人生のたった一つの可能性への減少（たとえそれが幸福な減少だとしても）にほかならないからだ。彼女が手紙のことを話せなかったのは、そんな誠実さによって、その手紙が約束していた可能性にほんとうは関心がなく、おれが見せてやったその失われた樹をあらかじめ諦めていることを、ただちに（彼女自身とおれに）知らせようとしたからなのかもしれない。そんな彼女をどうして恨んだりできようか？　ざわめく枝の音楽を彼女にきかせたいと望んだのは、とどのつまりおれなのだ。だから彼女はおれの願いどおりに行動したわけだ。彼女はおれの言うことに従ったのだ。

紙のうえにかがみこんで彼は思う、たとえ手紙の冒険が終了するとしても、このざわめきの谺（こだま）はシャンタルのなかに残らねばならないと。そこで彼は、思いがけない必要が生じたために出発しなくてはならないと書く。やがて、その断言にニュアンスをあたえる。「これはほんとうに思いがけない出発なのでしょうか、というよりはむしろ、私が手紙を書いたのは、まさしくこれには発展がないと知っていたからこそだったのではないでしょうか？　私がごく率直にあなたにお話しできるのは、出発を確信しているからではないでしょうか？」

出発する。そうだ、それが唯一可能な結末だ。でも、どこに行ったらいいのか？　彼はよく考えてみる。目的地には言及しない？　それではあまりにもロマンティックでミステリアスだろう。あるいは、無礼な言い逃れになるだろう。たしかにおれの実生活は影にとどまっていなければならず、だからこそ出発の理由を知らせてはならない。なぜなら、その理由は差出人の身元、たとえば職業を教えることになるから。とはいえ、どこに行くのか言ったほうがずっと自然ではないだろうか？　フランスのどこかの町？　いや、それでは文通を中断する充分な理由にはならない。遠くに出発しなければならない。ニューヨーク？　メキシコ？　日本？　それでは少しうさんくさい。外国でも、近くて平凡な町を考え出さなくてはならない。ロンドンだ！　そうだとも、それならじつに必然的で、じつに自然に思えるので、彼は微笑しながら考える、じっさい、おれはロンドン以外には出発できないんだ。そしてすぐ思う、なぜまさしくロンドンがおれにはじつに自然に思えるんだろうか？　するとロンドンの男、その男のことでシャンタルとよく冗談を言っていた男、かつてシャンタルに名刺を渡した女たらしの男の想い出が浮かんでくる。イギリス人、おれがブリタニキュスというあだ名をつけたブリテン人。これは悪くない。ロンドン、淫乱な夢の町。そこなら、見知らぬ崇拝者が乱交パーティー好き、放蕩者、ナンパ好き、色情狂、変態者たちの群れと一緒になりに行けるだろう。そこなら、おれは永遠に姿を隠せるだろう。

そして彼はさらに考える。おれはロンドンという言葉をシャンタルとの会話の、ほとんどそれと感づかれない痕跡として、署名代わりに手紙に残しておこう。彼は黙って自分自身を嘲笑う。おれは見知らぬ人間のまま、身元が特定できないままにしておきたいと望んでいる。だって、このゲームがそう求めるのだから。それなのに、逆の願望、全然正当化されない、正当化できない、たしかに愚かしい願望が、完全に気づかれないままにはしておかず、痕跡を残し、見知らぬ並外れて明敏な観察者なら、おれだと特定できるかもしれない暗号化された署名をどこかに隠すように唆すのだ。

彼が手紙を郵便受けに入れるために階段を降りていると、甲高い叫び声がきこえた。したにつくと彼らが見えた。ベルのまえに三人の子供を連れたひとりの女。彼は向かい側の壁に並んでいる郵便受けのほうに進みながら、彼女らの脇を通った。振り返ってみると、女が彼の名前とシャンタルの名前が書いてあるベルを押しているのに気がついた。

「だれかを捜していらっしゃるんですか？」と、彼は尋ねた。

女はある名前を告げた。

「それはぼくです！」

彼女は一歩うしろに下がり、わざと見惚れるように彼を眺めた。「あなたですか！　ああ、あたし、あなたと知り合えて嬉しいわ！　あたし、シャンタルの義姉なんです！」

34

面食らった彼は、上がっていくよう誘うしかなかった。

「あたし、ご迷惑をおかけしたくないんですよ、と全員がアパルトマンに入ってから義姉が言った。

——迷惑なんかじゃありません。それにシャンタルもじきに戻ってくるでしょう」

義姉は話し出し、ごく静かで、おずおずとし、ほとんど仰天しているような子供たちにときどき眼をやった。

「シャンタルにこの子たちを見せてやれるのが嬉しいんです」と、義姉は子供のひとりの頭を撫でながら言った。「彼女、この子たちがいることさえ知らないんです。彼女が出ていったあとに生まれたんですから。彼女、子供が好きなんですよ。あたしたちの別荘には子供がいっぱいいましたから。彼女の夫はどっちかというと憎たらしいひとだったんです。自分の弟のことをこんなふうに言うのもなんですけど、弟は再婚してあたしたちにはもう会おうとしないんですよ」。それから、笑いながら、「はっきり言って、あたしはずっとシャンタルのほうが弟より好きだったんですよ！」

　彼女はまた一歩うしろに下がって、見惚れるようでいながらも、挑発するような眼差しでジャン＝マルクをじっと眺めた。「彼女もやっと男を選べたってわけね！　あたし、うちではおふたりが大歓迎だと言いにきたんですよ。あたしたちのシャンタルを返していただけたら、それはもう感謝しますわ。おふたりが好きなとき、うちはいつでも開かれているんですよ。いつだって。

　――それはどうも。

――あなたって、背が高いわね。ああ、あたし、それって大好き。あたしの弟はシャンタルより小さいの。あたしはいつも、彼女が彼のママだっていう気がしていた。彼女、彼のことを〝あたしの小さな鼠（ねずみ）さん〟って呼んでいたの。わかる？　彼女、彼に女の子のあだ名をつけていたんだから！　あたしはいつも思っていた、と彼女は笑いこけて言った。彼女が彼を腕に抱いて、揺すりながら〝あたしの小さな鼠さん、あたしの小さな鼠さん〟と囁（ささや）いていたんじゃないかって！」

　彼女はまるで赤ん坊をかかえるように腕を張り、ダンスしながら数歩進み、「あたしの小さな鼠さん、あたしの小さな鼠さん！」とくりかえした。さらにしばらくダンスをつづけ、ジャン＝マルクに笑いのお返しを強要した。彼は彼女を満足させるために作り笑いし、「あたしの鼠さん」と呼んでいる男のまえにいるシャンタルを想像した。義姉は話しつづけているが、彼は鳥肌がたってくるようなそのイメージを、（彼女より小さい）男を「あたしの小さな鼠さん」と呼んでいるシャンタルのイメージを払いのけられなかった。

隣の部屋から物音がきこえてきた。子供たちがいなくなっていることにジャン＝マルクは気づいた。それが侵入者たちの狡猾な戦略だったのだ。取るに足らないものと見せかけておいて、まんまとシャンタルの部屋に忍び込んだのだ。まず秘密の軍隊のようにひっそりしていたが、やがて背後のドアをそっと閉めると征服者のように荒れ狂っていた。ジャン＝マルクは心配になったが、義姉が安心させた。「なんでもないわよ。子供なんだから。遊んでいるのよ。

——もちろん、遊んでいるのはわかるんですが」とジャン＝マルクは言って、騒々しい部屋のほうに向かった。しかし義姉のほうがずっと素早く、さきにドアを開けた。彼らは回転椅子をメリーゴーランドに変え、ひとりの子供が座席に腹這（はらば）いになって、ぐるぐると回っていた。そして、他のふたりは叫びながらその子供を見守っていた。

「彼らは遊んでいるの。あたし言ったでしょう」と、ドアを閉めながら義姉がくりかえした。それから、共謀の目配せをして、「なにしろ相手は子供なんですから。どうしようもないじゃないの。シャンタルがいないのは残念だわ。あたし、ほんとうに彼女に会わせてやりたいの」

隣の部屋の物音が喧騒に変じたが、ジャン＝マルクは突然、子供たちを静かにさせたいという気をまったくなくしてしまった。眼のまえには、大勢の家族のただなかで、「あたしの鼠さん」と呼んでいた小男を腕に抱き、揺すっているシャンタルが見えてくる。そのイメージにもうひとつのイメージ、冒険の望みを未然につぶしてしまわないように、見知らぬ崇拝者の手紙を大事に取っておくシャンタルのイメージが加わる。そのシャンタルはもう本人には似ても似つかない。そのシャンタルは彼が愛しているシャンタルではない。そのシャンタルは幻影なのだ。彼はなにか奇怪で破壊的な欲望に充たされ、子供たちのしている馬鹿騒ぎが嬉しく思えてくる。この子供たちに部屋を解体してもらいたくなる。彼が愛していたのに、幻影になってしまったこの小世界全体をそっくり解体してもらいたくなる。

「あたしの弟はね、とそのあいだに義姉はつづけた。彼女にはひ弱すぎたの。わかるでしょ、ひ弱だったわけ」。それから笑い、「いろんな意味で、ひ弱だったのよ。わかるでしょ、わかるでしょ！」。さらに笑って、「それから、あなたにひとつ忠告していいかしら？

——どうぞ。

――とっても内々の忠告よ！」

彼女は口を近づけて何事か語ったが、唇がジャン＝マルクの耳に触れて騒音を立てるので、言葉がききとれなかった。

彼女は遠ざかって笑った。「どう思う？」

なにも理解しなかったが、彼も笑った。

「とっても面白かったでしょ！」と義姉が言って、こうつけくわえた。「こんな話なら、たんとしてあげられるわ。ああ、そうなの、あたしたちにはお互い秘密なんてなかったんだから。彼女となにかあったら、あたしに言ってちょうだい。いい忠告をしてあげられるわよ！」。それから笑って、「どうやったら彼女を手なずけられるか、このあたしは知っているんだから！」

そこでジャン＝マルクは思う。シャンタルはいつも敵意をこめて義姉の家族のことを話していたものだが、その義姉がこんなに率直な好意を彼女に示すことが、どうしてありうるのか？　シャンタルが彼らを憎んでいたとは、正確にはどういうことなのだろうか？　どうすれば憎みながらも、自分が憎んでいるものにじつに自在に順応できるのだろうか？

隣の部屋では、子供たちが猖獗をきわめていた。義姉は彼らのほうを示す仕種をしながら微笑んで、「これでもあなたの迷惑にならないのね、わかるわ！　あなたってあたしみたいなひとね。ねえ、あたしってあんまり几帳面な女じゃないのよ。とにかく動くのが好き、回るのが好き、歌うのが好きなの。要するに、あたしって生が好きなの！」

子供たちの叫び声をバックに、彼の考えがつづく。彼女が自分の憎んでいるものに順応できる自在さは、ほんとうにそれほど素晴らしいものなのだろうか？　ふたつの顔をもつことはほんとうに勝利なのだろうか？　彼女が広告業界の人々のあいだの闖入者、スパイ、仮面をつけた敵、潜在的なテロリストだと考えておれは喜んでいた。しかし、彼女はテロリストなんかじゃない。もし政治の用語に頼らねばならないとしたら、むしろ協力派［フランスにおける一九四〇―四四年のドイツ占領期の対独協力者。転じて、敵側への内通者］なのだ。憎むべき権力と一体にならずにその権力に仕え、その権力と離れていながらその権力のために働き、そしてある日、裁判官たちのまえに立たされると、自分にはふたつの顔があったのだと申し立てて自己弁護する協力派。

35

シャンタルは入口に立ちどまって、ほぼ一分間じっとしていた。ジャン＝マルクも義姉も彼女に気づかなかったからだ。ずいぶん久しくきかなかった、あのけたたましい声がきこえてきた。「……あなたってあたしみたいなひとね。ねえ、あたしってあんまり几帳面な女じゃないのよ。とにかく動くのが好き、回るのが好き、歌うのが好きなの。要するに、あたしって生が好きなの！」

やっと義姉の視線が彼女のうえにとまった。「シャンタル、と彼女は叫んだ。びっくりしたでしょう？」。それから慌てて駆けつけてきてキスをした。シャンタルは口角に義姉の口の湿り気を感じた。

シャンタルの出現によって引き起こされた当惑は間もなく、女の子の乱入によって中断された。「はい、これがうちのコリーヌちゃん」と義姉がシャンタルに告げてから、その子供に、「こんにちはって、おばさんに言いなさい」。しかし子供はシャンタルには少しも注意を払わず、おしっこがしたいと告げた。義姉はためらいもせず、まるでアパルトマンをよく知っているとでもいうように、コリーヌを連れて廊下のほうに行き、トイレに消えた。

「いったい」と、シャンタルは義姉がいなくなった隙に呟(つぶや)いた。「どうやってあたしたちのことを探し出したのかしら?」

ジャン＝マルクは肩をすくめた。義姉が廊下のドアもトイレのドアも大きく開け放っていたので、ふたりは大したことを話せなかった。家族の近況をふたりに教えながら、ときどき女の子をどなりつける義姉の声にまじって、便器の水に小便が落ちる音がきこえてきた。

シャンタルは思い出す。ある日、ヴァカンスの別荘でトイレに入っていると、突然だれかがノブをまわした。トイレのドア越しに会話をするのが嫌なので答えなかった。家の反対側の端で「シャンタルが入っているのよ!」とだれかが叫んで、せっかちなその者を落ちつかせた。その情報にもかかわらず、せっかちなその者はまるでシャンタルの沈黙に抗議するように、なお数回ノブをまわした。

小便の音は水洗の騒音に引き継がれたが、シャンタルはあいかわらずコンクリート造りの大別荘のことを考えている。そこでは、どんな物音も伝わってしまうのに、それがどの方向からくるのかさっぱりわからなかった。彼女は義姉の性交の吐息をきくのに慣れていた（その無益な音響はきっと、性的だけではなく精神的な挑発としても働きかけたかったにちがいない。あらゆる秘密の露骨な拒否として）。ある日、また愛の吐息が彼女のところまできこえてきた。しかし、音のよく響くその家の反対側の端にいる喘息病みの祖母が呻きながら呼吸しているのだと理解したのは、かなり時間がたってからにすぎなかった。

義姉がサロンにもどってきた。「さあ、行きなさい」と彼女が言うと、コリーヌは走って隣の部屋の他の子供たちのところに行った。すると、彼女はジャン＝マルクに話しかけた。「あたしはシャンタルが弟と別れたのを咎めているんじゃないの。たぶんもっと早く別れてもよかったかもしれないわ。そうじゃなくて、彼女があたしたちのことを忘れたのを咎めているのよ」。それからシャンタルのほうを向き、「それにしたって、シャンタル、あたしたちはあなたの人生の大半だったんじゃないの！　あなたはあたしたちを否定できないし、帳消しにはできないわ。あなたは自分の過去を変えられないのよ！　あなたの過去はずっとあのままなの。あたしたちと一緒にいて仕合わせじゃなかったなんて、あなた言えないはずよ。あたしはあなたの新しいお相手に、ふたりともあたしの家では大歓迎だって言いにきたのよ！」

シャンタルは彼女の声をききながら、あまりにも長いあいだ自分の個性をはっきり表さずにあの家族と一緒に暮らしたので、離婚のあと彼らとのすべての関係を断ち切ってしまったことに、義姉は（ほとんど）当然のように苛立っているのだと思っていた。どうしてあたしは結婚していた数年間、あんなに大人しく、ひとの言うことばかりきいていたんだろう？　彼女は当時の態度にどういう名前をあたえるべきか自分でもわからなかった。従順？　偽善？　無関心？　規律？

息子がまだ生きていたときには、たえず監視される、あの集団生活をすっかり受け入れる覚悟をしていた。そこには集団的な不潔さ、プールのまわりでのほとんど義務的な裸体の露出、微妙だけれども驚くほどよくわかる痕跡によって、まえにだれがトイレに入ったのかもわかるほど粗野な雑居状態（プロミスキュイテ）がついてまわった。あれが好きだったのだろうか？　いや、彼女は嫌悪感でいっぱいだった。しかし、それは穏やかで静かな、非戦闘的で、諦め、ほとんど温和な少しばかりの嘲りがあったが、けっして反抗的ではない嫌悪だった。もし息子が死ななかったなら、彼女は人生の終わりまでそんなふうに生活したことだろう。

シャンタルの寝室では、騒ぎがさらに大きくなった。義姉は「静かに！」と叫んだが、怒っている以上に快活なその声は、叫喚を鎮めるというよりもむしろ、それに加わりたいといった印象をあたえた。

シャンタルはしびれを切らして、自分の寝室に入る。子供たちが肘掛け椅子に攀（よ）じ登っているが、彼女には見えない。彼女は茫然として衣裳簞笥を眺めている。扉が大きく開かれ、そのまえの床に彼女のブラジャー、パンティーが散らかされ、それにまじって手紙がある。一番年上の女の子が頭にブラジャーを巻きつけ、そのため乳房の入る袋が、まるでコサック兵の兜(かぶと)のように直立しているのに気づくのは、そのあとでしかない。「あの子を見てよ！」と義姉は笑って、親しそうにジャン＝マルクの肩をつかむ。「見て、見て！　これって、仮面舞踏会だわね！」

シャンタルには床に投げ出された手紙が見える。怒りが頭にのぼってくる。わずか一時間まえには、屈辱的な扱いを受けて筆跡鑑定事務所を出たのだが、かっかとほてった自分の体に裏切られて、彼らに反抗できなかった。いまの彼女は、自分を悪いと感じるのにうんざりしている。その手紙はもう、恥ずべき滑稽な秘密ではなくなっている。これからはジャン＝マルクの欺瞞(ぎまん)、彼の不実、裏切りの象徴になるのだ。

義姉はシャンタルの冷淡な反応を察した。話し、笑うのはやめなかったものの、子供のほうに体をかがめてブラジャーをほどいてから、しゃがんで下着を集めた。

「いいの、いいの、お願い、そのままにしておいて、とシャンタルはきっぱりとした口調で言った。

——いいわ、いいわよ、あたしはやろうとしたんだからね。

——わかっているわ」と、シャンタルが義姉を見ながら言うと、義姉はもどってジャン＝マルクの肩にもたれかかった。シャンタルには、そのふたりが完璧な似合いのカップル、監視人のカップル、スパイのカップルだという気がしてくる。いや、彼女は衣裳箪笥の扉を閉めたいなどとは全然思わない。掠奪の証拠として、そのまま開けておくのだ。彼女は思う、このアパルトマンはあたしのものだ。あたしはここでひとりになりたい、見事に、完全にひとりになりたくてたまらない。そして声に出して言う。「このアパルトマンはあたしのものよ。だから、だれにもあたしの衣裳箪笥を開けて、私物を引っかきまわす権利なんかないの。だれにも。いいこと？　だれにもよ」

この最後の言葉は、義姉よりもずっとジャン＝マルクのほうに向けられたものだった。しかし、闖入してきた女のまえでなにひとつ洩らさないように、彼女はただちに、もっぱらその女だけに向かって言った。「お願い、出ていって。

——だれも、あなたの私物なんか引っかきまわしはしなかったわ」と、義姉は受け身になって言った。

シャンタルは答える代わりに、ただ開かれ、下着と手紙が床に散らかっている衣裳箪笥のほうに顔を動かした。

「ああ、これ、子供たちが遊んだのよ！」と義姉が言うと、子供たちは空中に怒りが震えているのを感じたように、持ち前の大変な外交センスを発揮して黙りこんだ。

「お願い」と、シャンタルはくりかえして、義姉にドアを示した。

子供のひとりがテーブルのうえの深皿から取った林檎を手にもっていた。

「林檎をあったところにもどしなさい、とシャンタルがその子供に言った。

——信じられない！　と義姉が叫んだ。

——もどしなさい。だれにもらったの？

——子供に林檎ひとつあげないなんて。信じられないわ！」

子供が林檎を深皿にもどすと、義姉はその手を取った。他のふたりの子供も一緒になった。そして、彼らは出ていった。

36

彼女はジャン＝マルクとふたりきりになるが、彼といま立ち去った者たちのあいだに、どんな違いも見えない。

「あたしはほとんど忘れていたけど、と彼女は言う。昔このアパルトマンを買ったのは、やっと自由になって、ひとに見張られたりなんかせずに、好きなところに私物をおき、その私物がおいたところにずっとあると確信できるようになるためだったのよ。

――何度もきみに言っただろう、ぼくの場所はあの物乞いの側にあるので、きみの側にあるんじゃないって。ぼくはこの世の周辺にいるんだ。きみのほうは中心に自分の場所を見つけたけどね。

――ずいぶん贅沢(ぜいたく)で、なんの費用もかからない周辺に腰を落ちつけたものね。

――ぼくはいつだって、この贅沢な周辺から立ち去る覚悟をしているさ。でもきみのほうは、顔をいくつも変えながら自分の場所を見つけた、この順応主義の城塞をけっして諦めはしないだろうよ」

37

一分まえにはまだ、ジャン＝マルクは事情を説明し、自分の瞞着を認めたかったのだが、この四つの遣り取りのためにどんな対話も不可能になった。彼にはもう、なにも言うべきことがない。というのも、このアパルトマンが彼女のものであって、彼のものではないのは事実だから。ずいぶん贅沢で、なんの費用もかからない周辺に腰を落ちつけたものねと言われたが、それはほんとうだから。彼には彼女が稼ぐ五分の一の稼ぎしかなく、ふたりの関係全体はその不平等のことをけっして口にしないという暗黙の了解に基づいていたのだから。

ふたりはテーブルをはさんで立ったまま、向かい合っていた。彼女はハンドバッグから封筒を取り出して破り、折り畳んであった手紙を広げた。一時間足らずまえに彼が書いた手紙だ。彼女は彼のまえですこしも自分を隠さず、それどころか自分を見せびらかしさえした。秘密にしておくべきその手紙を、彼のまえで平然と読んだ。そして手紙をハンドバッグにもどし、ジャン＝マルクをちらっと、ほとんど無関心に見てから、なにも言わずに自分の寝室に立ち去った。

彼は彼女が言ったことをもう一度考える。「だれにもあたしの衣裳箪笥を開けて、私物を引っかきまわす権利なんかないの」。ということは、どうしてだか知らないが、彼女はわかったんだ、おれが自分の手紙とその隠し場所を知っていることを。彼女は知っているけれども、そんなことはどうでもかまわないとおれに示したいのだ。おれのことなど少しも気にかけず、自分の好きなように生きる決心をしているのだと。これからは、おれのまえでラブレターを読むのも辞さない覚悟でいるのだと。そんな無関心によって、彼女はおれの不在を先取りしているのだ。彼女にとって、おれはもう存在しないのだ。彼女はもうおれを立ち退かせてしまっているのだ。

長いあいだ、彼女は寝室にいた。闖入者たちが残していった混乱の後片付けをしている掃除機のすさまじい音がきこえた。やがて、彼女は台所に行った。十分後、彼女は彼を呼んだ。ふたりはテーブルについて、冷たい簡素な食事をした。ふたりの共同生活ではじめて、彼らは一言も発しなかった。ああ、彼らはなんという速さで、味もわからずに食べ物を嚙んでいたことだろう！　彼女は立ちあがり、ふたたび寝室に引きこもった。彼はなにをしていいのかわからず（なにもできず）、パジャマを着て、いつもならふたりが一緒になる大きなベッドに寝た。しかしその晩、彼女は自分のところから出てこなかった。時間が過ぎたが、彼は眠れなかった。彼はとうとう立ちあがって、ドアに耳を当てた。規則正しい寝息がきこえた。その静かな眠り、彼女が眠り込んだその寝つきのよさが彼を苦しめた。そんなふうに長いあいだ彼はドアに耳を当てたまま、彼女はおれが考えていたよりずっと傷つきやすくないのだと思っていた。そして、彼女が弱く、おれのほうが強いのだと見なしたとき、たぶんおれは間違っていたのだと。

じっさい、どっちが強いんだろうか？　ふたりとも愛の基盤にいたときには、たぶんほんとうにおれだったかもしれない。しかし、愛の基盤が足元から消えてしまうと、強いのは彼女のほうで、弱いのはおれなのだ。

38

彼女は自分の狭いベッドのうえで、彼が思ったほどよく眠れたわけではない。それは何度もくりかえし中断され、不快で脈絡がなく、馬鹿げ、無意味で、辛いほどエロティックな夢にみちた眠りだった。そんな夢から覚めるたびに、彼女はばつの悪さを感じる。これがたぶん、と彼女は思う、女の一生の、それぞれの女の一生の秘密のひとつなのかもしれない。あらゆる貞淑さの約束を、どんな純潔をも、どんな無垢（むく）をも疑わしいものにしてしまうこの混在（プロミスキュイテ）が。今世紀ではひとはそんなことで気を悪くしないけれども、しかしシャンタルはクレーヴの奥方［フランスの小説家ラ・ファイエット夫人（一六三四―九三）の同名の小説のヒロイン］、あるいはベルナルダン・ド・サン＝ピエール［フランスの小説家（一七三七―一八一四）。代表作に『ポールとヴィルジニー』］の清純なヴィルジニー、あるいはアビラの聖テレサ［スペインの神秘思想家、聖女（一五一五―八二）］、あるいは現代では汗びっしょりになって世界中を駆け回って慈善活動をしているマザー・テレサのことを想像するのが好きだ。

口にもできない、ありそうもなく、馬鹿げた悪徳の巣窟のような夜の外に出た彼女たちが、昼にはふたたび汚れなく、貞節になるのを想像するのが好きだ。彼女の夜もそうだった。必ず嫌悪を催す見知らぬ男たちとの奇妙な乱痴気騒ぎのあと、彼女は何度も目覚めた。

朝とても早く、彼女はもうそんないかがわしい快楽に落ち込むのが嫌になり、起きあがって着替え、小旅行に必要なアクセサリーを小さなスーツケースにきちんと並べた。用意が整ったとき、部屋のドアにパジャマ姿のジャン＝マルクが見えた。

「どこに行くの？　と彼が言った。

——ロンドン。

——なんだって？　ロンドン？　なぜロンドンなんだ？」

彼女はとても落ちついて言った。「なぜロンドンだか、あなたはよく知っているんでしょう」ジャン＝マルクは赤くなった。

彼女はくりかえした。「なぜだか、あなた、よく知っているんでしょう」そして、彼の顔を見た。今度は彼のほうが真っ赤になるのを見るとは、彼女にとってなんという勝利だろう！

頬をかっかとほてらせて彼は言った。「いや、なぜロンドンなのか、ぼくは知らないよ」

彼が赤くなるのを、彼女はいつまでも見飽きなかった。

「あたしたちロンドンで討論会があるの、と彼女は言った。あたしがそれを知ったのは昨日の晩。そのことをあなたに話す機会も、気もなかったのはわかるでしょう」

自分の言うことが彼には信じられないのを確信し、その嘘がじつにあからさまで、淫らで、傲慢で、敵意のこもっていることが彼女には嬉しかった。

「あたし、タクシーを呼んだの。下に行くわ。こうしているうちにも来るから」

彼女はさようなら、あるいはさらばと言う代わりのように彼に微笑した。そして最後になって、自分の意図に反して思わず出てしまった動作だとでもいうように、右手をそっとジャン＝マルクの頬に当てた。その動作は短く、二、三秒しかつづかなかった。それから、彼に背を向けて外に出た。

39

彼は頰に彼女の手の接触、より正確には三本の指先の接触を感じるが、まるで蛙に触られたあとみたいに、ひんやりとした痕が残る。彼女の愛撫はいつも長く、静かだった。彼にはそれが時間を引き延ばしたいと願っているように思われたものだった。それに反して、そっと彼の頰に触れたその三本の指は愛撫ではなく、注意の喚起だった。まるで嵐に、自分を運ぶ波にとらえられた者が、「でも、私はここにいたの！　私はここを通ったの！　これからなにがあっても、私のことは忘れないで！」と言うのに束の間の、たったひとつの動作しかできなかったとでもいうように。

彼は無意識のうちに着替え、ふたりがロンドンについて言い合ったことを考える。「なぜロンドンなんだ？」とおれが言うと、彼女は「なぜロンドンだか、あなたはよく知っているんでしょう」と答えた。あれは、おれが最後の手紙で告げた出発への明らかな言及だった。あの「あなたはよく知っているんでしょう」は、あなたはその手紙のことを知っているという意味だった。しかし、あの手紙は差出人と彼女しか知らないはずだった。つまり、シャンタルは哀れなシラノの仮面を剝ぎ、あたしにロンドンに行くように誘ったのはあなた自身だ。だから、あたしは従うのだと言いたかったのだ。

　しかし、たとえ彼女がおれだと見抜いたとしても（それにしても、いったいどうやって見抜けたんだろうか？）、どうしてそのことをあれほど悪くとったのか？　どうして彼女はあんなにも残酷なのか？　もし彼女がすべてを見抜いたのなら、どうしてそのいかさまの理由も見抜かなかったのか？　彼女はおれのなにを疑っているのか？　それらのすべての疑問の背後に、彼はただひとつの確信しかもてない。自分は彼女を理解していないということだ。もっとも、彼女のほうもなにも理解しなかった。彼にはふたりの考えは反対方向に行ってしまい、もう二度と出会うことがないように思える。

　彼が感じる苦しみは鎮められることを切望せず、逆に傷口を悪化させ、万人の眼に不正を示すように、その傷口を示したいと願う。彼にはシャンタルを待って、誤解の説明をしてやる忍耐がない。彼も心の底では、それが唯一の理性的な振る舞いだろうとはよくわかっているのだが、しかし苦しみは理性（レゾン）の声には耳を傾けず、理性的ではない、苦しみ固有の理由（レゾン）がある。その非理性的な理由（レゾン）が望むのは、彼女自身がひとりになり、ひとに探られないために望んでいると言い放ったように、帰ってきたシャンタルが彼のいない、空っぽのアパルトマンを見出すことだ。彼は有り金全部の数枚の紙幣をポケットに入れ、それから、鍵をもってゆこうかどうかしばらくためらう。結局彼は、入口の小テーブルに鍵を残しておくことにする。これを見たら、彼女はもうおれがもどってこないことを理解するだろう。クロゼットの何枚かの上着とワイシャツだけが、書棚の何冊かの本だけが想い出としてここに残ることになるだろう。

彼はなにをするのかあてもないまま外に出る。肝心なのは、もう自分のものではないこのアパルトマンから立ち去ることだ。あとでなにをするのか決めるまえに、立ち去ることだ。通りに出てからはじめて、そのことを考えるのだ。しかし彼は、建物のしたに降りても、自分が現実の外にいるのだという奇妙な感覚を覚える。彼はよく考えようと歩道の真ん中で立ちどまらねばならない。どこに行こうか？　頭のなかにはひどくちぐはぐな考えが混じりあっている。農家をやっている家族の一部がいるペリゴール地方、そこではいつでもみんなが喜んでおれを迎えてくれるだろう。パリのどこかの安ホテル。あれこれ考えているあいだに、一台のタクシーが赤信号でとまる。彼は合図する。

40

したの通りには、もちろん、どんなタクシーも待っていず、シャンタルはどこに行くのか全然考えていなかった。彼女の決意は、抑えられない動揺によって引き起こされた、完全な即興だった。このとき彼女はただひとつのことしか願っていない。少なくとも一昼夜は彼に会わないことだ。彼女はここパリのホテルの一室を考えたが、しかしすぐにその考えは馬鹿げたものと思えた。あたしは一日中、いったいなにをするの？　散歩して、街の悪臭を嗅ぐ？　部屋に閉じこもる？　なにをするために？　やがて彼女は車に乗って、行きあたりばったりに田舎に行って静かな場所を見つけ、そこに二、三日いようかと思う。でも、どこに？

どうしてよいのかよくわからないまま、彼女はバス停の近くにいた。最初に通るバスに乗り、そのまま終点まで連れて行ってもらいたかった。一台のバスがとまり、連絡している停留所のひとつに北駅と記載してある掲示を見て、彼女は驚いた。ロンドン行きの列車が出発するのはそこからなのだ。

彼女は偶然の一致の結託に導かれているような気になり、親切な妖精が助けにきてくれたのだと確信したくなる。ロンドン。彼女はそこに行くとジャン＝マルクには言ったのだが、それはただ、そのことによって彼の仮面を剥いだと知らせるためだった。いまや、ひとつの考えがよぎる。ジャン＝マルクはロンドンという目的地を真に受けたかもしれない。たぶん彼は、あたしを駅に迎えにくるかもしれない。そしてその考えが、もっと弱く、ごく小さな鳥の声のようにほとんどききとれない、もうひとつの考えと結びつく。もしジャン＝マルクがそこにいるなら、この奇妙な誤解も終わりになるかもしれない。その考えは愛撫のようだが、しかしあまりにも短い愛撫だ。なぜなら、その直後に、彼女は彼に反発し、どんな懐かしさ（ノスタルジー）をも退けるのだから。

でも、あたしはどこに行き、なにをするのか？　ほんとうにロンドンに行ったらどうだろう？　嘘がほんとうになるがままにしてしまったら？　彼女はブリタニキュスの住所がずっと備忘録に残してあるのを思い出す。ブリタニキュス、彼はいったい何歳になっているんだろう？　彼との出会いはとてもありそうもないのはわかっている。でも、それがどうだっていうの？　そのほうがかえっていいじゃない。ロンドンに着いたらぶらぶらして、ホテルの一室に泊まり、明日パリにもどることにすればいいわ。

やがて、その考えが気に入らなくなる。家を出たとき、あたしは独立を取り戻すのだと考えていたのに、じっさいは抑制できない未知の力に操られている。ロンドンに出発するという、あの突拍子もない偶然に吹き込まれた決心は狂気の沙汰なのだ。どうしてあの偶然の一致の結託が、自分に有利に働きかけているなんて思うのか？　どうして親切な妖精だと取り違えるのか？　もしその妖精が災いの妖精で、あたしの破滅を企(たくら)んでいるんだとしたら？　彼女は心に誓う、バスが北駅に着いても一歩も動くまい、このまま乗っていようと。

しかしバスがとまると、彼女は下車している自分に気づいて驚く。そして、まるで吸い込まれるように、駅の建物のほうに向かう。

広大なホールに入ると、上方の、ロンドン行きの乗客用の待合室に通じる大理石の階段が見える。彼女はダイヤを眺めたいが、そう思う間もなく、笑い声にまじって自分の名前がきこえる。彼女が立ちどまると、階段のしたに集まっている同僚たちを見かける。彼女が見つけてくれたとわかると、彼らの笑い声がさらに大きくなる。彼らは罪のない悪ふざけ、どんでんがえしがうまくいった中学生みたいだ。

「どうすればあなたが一緒にくるか、私たち知っていたのよ。私たちがここにいるとわかっていたら、あなたはいつものように、なにか口実をでっちあげていたでしょう！　あなたって、どうしようもない個人主義者なんだから！」。そしてふたたび、彼らはわっと笑う。

シャンタルはルロワがロンドンで討論会を計画しているのを知っていたが、それは三週間後のはずだった。どうして彼らは今日、ここにいるのか？　またしても彼女は、いま生じていることは現実でなく、現実ではありえないのだという、あの奇妙な感情をいだく。しかし、その驚きはたちまち別の驚きに引き継がれる。彼女自身が推測できるあらゆることとは反対に、彼らがいてくれたことが心から嬉しく、驚かせてくれた彼らに感謝している自分を感じるのだ。

階段を昇りながら、若い女の同僚が彼女の腕をとるが、彼女は思っている。ジャン＝マルクのせいで、あたしは自分のものであるはずだった人生からずっと引き離されていたんだと。彼女には彼が言うのがきこえる。「きみは中心に自分の場所を見つけたけどね」。そして、「きみは順応主義の城塞に自分の場所を見つけたんだ」。いま、彼女は彼に答える、そうよ、だからこそあたしが中心にとどまるのを、あなたは妨げられないのよ！

乗客たちの群れのなかで、若い同僚はずっと手を組みながら、プラットホームに降りる別の階段のまえにある、警察の検問室のほうに彼女を連れてゆく。彼女は酔ったようになって、ジャン＝マルクとの無言の口論をつづけて彼に言う。じゃあ、いったい、どんな判事が順応主義は悪で、非順応主義は善だと決めたのよ？　順応することは他人に近づくことじゃないの？　順応主義とはみんなが集中し、人生がもっとも濃密に、もっとも熱烈になる、大きな出会いの場じゃないの？

階段のうえから、ロンドン行きのモダンでしゃれた列車が見え、彼女はさらに思う。この地上に生まれたのが幸運であれ不運であれ、もっともいい人生の過ごし方は、いまのあたしのように、まえに進んでいる陽気で騒々しい群衆に運ばれるがままになることなのだと。

41

彼はタクシーにすわって、「北駅！」と言ったが、それが決定的瞬間だった。彼はアパルトマンを出て、セーヌ川に鍵を投げ、街路で寝ることもできるのに、彼女から遠ざかる力がない。駅に彼女を捜しにゆくのは絶望の振る舞いだが、たとえきわめて不確かだとしても、ロンドン行きの列車だけが彼女の残していった唯一の手掛かりだ。だから、正しい道に導かれる確率がいくら低くても、その手掛かりを無視することができないのだ。

彼が駅に着くと、ロンドン行きの列車がもう待っていた。階段を四段ずつ駆けのぼって切符を買った。乗客の大半がすでに通りすぎてしまっていたので、彼は厳重に監視されているプラットホームに最後に着いた。列車沿いにずっと、爆発物発見用に訓練されたシェパードを連れた警官たちが歩き回っていた。彼は首にカメラをかけた日本人たちでいっぱいの車両に乗り込み、自分の席を見つけてすわった。

そのときになってやっと、自分のしていることの馬鹿さ加減が一目瞭然となる。おれはどうみても捜している女がいそうにない列車のなかにいる。おれは三時間後にロンドンにいることになるが、なんのためにそこにいるのかわからないだろう。おれはちょうど帰りの旅費になる金しかもっていないのだ。彼は途方にくれて立ちあがり、家に帰りたいという漠然とした気持ちをいだいてプラットホームに降りた。しかし、鍵ももたずにどうして帰るのか？　鍵は入口の小テーブルに置いてきた。ふたたび冷静になったいまの彼は、あの振る舞いは自分自身に演じてみせた、感傷的なくさい芝居にすぎなかったことを知る。管理人は合鍵をもっているので、ごく自然に彼に渡してくれるだろうから。彼はためらいながらプラットホームの端のほうを眺めた。すると、出口がすべて閉まっているのが見えた。彼はひとりの警官を呼びとめ、どうしたら駅の外に出られるのか尋ねた。警官はもう不可能だと説明した。この列車のなかに入ると、安全上の理由で、もう外に出ることができないのだという。爆発物を置かなかったという生ける保証として、どの乗客も車中に残らねばならない。イスラム主義のテロリストもいれば、アイルランドのテロリストもいる。彼らは海底トンネルでの虐殺のことしか夢みていないのだからと。

彼がふたたび列車に乗ると、女の車掌が微笑し、係員全員が微笑した。彼は思った、ひとはこんなふうに、数多くの強調される微笑とともに死のトンネルに発射されるこのロケットに、退屈と戦う戦士たちが、このアメリカ、ドイツ、スペイン、韓国の旅行者たちが彼らの大戦闘のために命を賭ける覚悟をしているこのロケットに同行するのかと。彼は自分の座席にすわったが、列車が動き出すとすぐに立ちあがり、シャンタルを捜しにいった。

彼は一等車に入った。通路の一方には一人用の肘掛け椅子が、もう一方には二人用の肘掛け椅子が並んでいた。車両の中央では、肘掛け椅子が向かい合うように回されているので、乗客たちは一緒になって騒々しく話をしていた。シャンタルはそのなかにいた。彼には背後から彼女が見え、流行遅れの巻き髪をした彼女の頭の、ほとんど滑稽で、かぎりなく感動的な形を認めた。彼女は窓側にすわって、活発な会話に加わっていた。あれは彼女の会社の同僚たちにちがいない。じゃあ、彼女は嘘をついたのではなかったのか？　どれほどありそうでなくても、いや、たしかに彼女は嘘をつかなかったのだ。

彼は動かずにじっとしていた。いくつかの笑い声がきこえ、彼はそのなかにシャンタルの笑い声をききわけた。彼女は陽気だった。そう、彼女は陽気で、そのことが彼を傷つけた。彼は敏捷（びんしょう）さにあふれる彼女の動作を眺めていたが、そんな敏捷さが彼女にあったとは知らなかった。彼女の言っていることはきこえないが、エネルギッシュに上下する手が見えた。その手が彼女の手だとはとても思えなかった。それはだれか別人の手だった。シャンタルに裏切られたのだという気はしなかった。それとは別のことだった。彼女はもう彼のために存在しているのではなく、どこか別のところ、たとえ彼が出会っても、彼女だとは気づかない別の人生のなかに行ってしまったのだと思えたのだ。

42

好戦的な口調で、シャンタルが言った。「でも、いったいどうしてトロッキストが信者になれたの？　どこに論理があるのよ？

――ねえ、あなた、あなたは世界を変えるという、マルクスの有名な文句を知っているでしょう。

――もちろん」

シャンタルは窓側にすわり、会社のもっとも年配の同僚、あの指輪に覆われた指をした上品な婦人と向かい合っていた。その婦人の隣にいるルロワがつづけた。「ところが、今世紀は私たちに驚くべきことを理解させてくれた。人間には世界を変える能力はなく、けっして世界を変えられないだろうと。これがぼくの革命体験の根本的な結論だ。もっとも、これは暗黙のうちに万人に受け入れられている結論でもあるが。しかし、重大な結果をもたらす、もうひとつの結論がある。それは神学的なもので、人間には神の創ったものを変える権利はないというものだ。この禁止を徹底させねばならない」

シャンタルは楽しそうに彼を眺めていた。彼は教訓を垂れる人間でなく、挑発者のように話していた。シャンタルは彼のそういうところが好きなのだ。なすこと、することのすべてが革命家、あるいは前衛主義者の聖なる伝統にそった挑発になる男の、突き放したような口調が。彼はこのうえない慣習的な真実を口にする場合でも、けっして「ブルジョワを仰天させる」ことを忘れない。とはいえ、(「ブルジョワどもを縛り首にしろ!」といったような)もっとも挑発的な真実でさえ、それが権力の座に就くと、もっとも公式の真実になるのではないだろうか? どんなときでも、慣習は挑発になりうるし、挑発は慣習になりうる。シャンタルはルロワが一九六八年の学生反乱〔いわゆる〈五月革命〉〕の騒がしい集会で、いかにも彼らしい知的で、論理的で、素っ気ない言い方で、どんな良識の抵抗も必ず壊滅させてしまうような空論を弁じているのを想像する。ブルジョワジーには生きる権利はない。労働者階級が理解しない芸術は消滅しなければならない。ブルジョワジーの利益に奉仕する科学には価値はない。そんな科学を教える者たちは大学から追放しなければならない。自由の敵には自由はない。彼が発する文句が馬鹿げていればいるほど、それだけますます彼は得意になる。なぜなら、とても偉大な知性だけが無分別な考えに論理を吹き込むことができるのだから。

シャンタルは答えた。「賛成、あたしもやはり、あらゆる変化は災いをもたらすと考えているの。そうだとすると、世界を変化から護ってやるのがあたしたちの義務だというこことになるのかもしれないのに、残念ながら、世界は狂ったようなその変化の流れを止められない……。

――……しかも人間は、その変化のたんなる道具にすぎんのだ」とルロワは彼女の話をさえぎって、「機関車の発明は飛行機の計画を萌芽として含んでいるし、飛行機の計画は不可避的に宇宙ロケットに通じている。この論理は事物それ自体のうちに含まれている。換言すれば、それは神の企画の一部だということだ。人類を別の人類とそっくり替えてしまうこともできるが、それでも自転車からロケットへと通じる進化は無傷のまま残るだろう。人間はこの進化の作者ではなく、ただ実行者にすぎない。さらに言えば、人間は自分が実行していることの意味を知らないのだから、哀れな実行者だというべきだ。その意味はぼくらのものではなく、神のものなのであって、神がお気に召すことができるよう、神に従うためにぼくらはこの世にいるのだ」

彼女は眼を閉じた。「混在（プロミスキユイテ）」という甘美な言葉がやってきて、彼女に浸透してきた。彼女は黙ったまま、自分のために「思想の混在」と言ってみた。どうしてこんなじつに矛盾した態度が、まるで同じベッドのなかのふたりの愛人のように、ひとつの頭のなかで交代できたのだろうか？　昔の彼女ならほとんど憤慨しただろうが、今日はそのことに魅了される。というのも、ルロワがかつて言っていたことと今日話していることとの対立には、どんな重要性もないのを知っているから。あらゆる思想は同等だから。あらゆる断定や立場は同じ価値をもち、互いに出入りし、交差し、触れ合い、混じり合い、愛撫し合い、いじり合い、交わることができるのだから。

やや震えるような、甘ったるい声がシャンタルのまえで高くなった。「でもそうなると、あたくしたち、なぜこの世にいるんですの？　あたくしたち、なんのために生きているんですの？」

それは崇拝しているルロワの隣にすわっていた上品な婦人の声だった。シャンタルはルロワがふたりの女に囲まれ、そのひとりを選ばねばならないのだと想像する。ロマンティックな女とシニックな女。自分の美しい信仰を断念したくないが、（シャンタルの空想では）悪魔的な英雄によって貶めてもらいたいという秘かな欲望をいだいて、その信仰を擁護する、懇願するような小さな声がきこえる。このとき、悪魔的な英雄がその声の主のほうを向いて、

「ぼくらがなんのために生きている？　神に肉体を提供するためですよ。なぜなら、聖書がぼくらに求めているのは、ねえ、奥さん、人生の意味を探すことなんかじゃなく、生殖することなんですから。愛し合い、生殖せよ、とね。よく理解してください、この『愛し合え』は『生殖せよ』に限定されている。だから、この『愛し合え』はいささか

も愛徳的、同情的、精神的もしくは情念的な愛ではなくて、ごく単純に、セックスせよ！　性交せよ！　ということを意味するんです……（彼は声を優しくし、彼女のほうに身を傾ける）……エッチしなさい！　とね」（その婦人は熱心な生徒のように従順に彼の眼を見る）。「人生の意味はそこに、そこだけにあるのです。残りはすべて戯言にすぎない」

ルロワの論理は剃刀のように素っ気ないが、シャンタルは賛成だ。ふたりの個人の高揚としての愛、忠節としての愛、唯一の人物への情熱的な愛着、いや、そんなものは存在しない。また存在するとしたら、それは自己処罰、意図的な盲目、僧院への遁走としてだけだ。彼女はたとえ愛が存在しているとしても、存在すべきものではないと思うのだが、そんな考えが辛い思いをさせるよりも、むしろ自分の体に広がる至福を感じる。彼女はあらゆる男たちを渡り歩くバラの隠喩のことを考え、あたしは愛の隠遁のなかで生きてきたけれども、いまではバラの神話に従い、その陶然とさせる香りと一体になる覚悟ができていると思う。考えがその地点にまで達すると、ジャン＝マルクのことを思い出す。彼は家に残っているのだろうか？　外に出たのだろうか？　彼女はどんな動揺もなしにそう思う、まるでローマでは雨が降っているのかしら、ニューヨークでは晴れなのかしらと思うように。

けれども、いくらどうでもよいものだとはいえ、ジャン＝マルクの想い出は彼女の頭を振り向かせた。車両の奥でひとりの人物が背を向け、隣の車両に移るのが見えた。彼女は自分の視線を逃れようとするジャン＝マルクの姿を認めたような気がした。あれはほんとうに彼だったのだろうか？　彼女は答えを探すかわりに、窓外を眺めた。風景はだんだん醜悪になり、野原がだんだん灰色に、平野がだんだん数多くの鉄塔、コンクリートの建物、電線に刺し貫かれるようになっていた。スピーカーの声が、列車は数秒後に海底に下降すると告げた。じっさい、彼女には円く黒い穴が見え、列車は蛇のようにそのなかに忍び込もうとしていた。

43

「あたくしたち、下っているんですね」と、シャンタルの近くの上品な婦人が言ったが、その声は脅えたような興奮を洩らしていた。

「地獄のなかに」と、シャンタルはその婦人がもっと世間知らずに、もっと驚き、脅えるのをルロワが見たがっていると察してつけくわえた。いま彼女は彼の悪魔的な助手のように自分を感じていた。彼のベッドがロンドンの豪華ホテルではなく、火、うめき声、煙、それに悪魔たちのただなかの壇上にあるのだと想像し、そのベッドにこの上品で慎み深い婦人を連れていってやるのだと考えて嬉しくなっていた。

もう窓からなにも見えなくなり、列車がトンネルに入ると、彼女は義姉からも、ジャン＝マルクからも、どんな監視、どんなスパイからも遠ざかり、自分にべったりと張りつき、重くのしかかっていた生活から遠ざかっていくような気がした。「行方不明」という言葉が心に浮かんできた。そして、この失踪への旅が陰鬱ではなくて、バラ色で甘美な、愉快な神話の庇護(ひご)のもとにあることに驚いた。

「あたくしたち、だんだん深く下っているんですわね、と心配そうに婦人が言った。

――真実があるところに、とシャンタルが言った。

――私たちはなぜ生きているのか、とルロワがそれに輪をかけて大げさに言った。親愛なる奥さん、人生において本質的なものはなにかというあなたの質問にたいする答え、唯一重要な答えがあるところにですよ」。彼は婦人をじっと見た。「人生において本質的なこととは、生命を永続させることです。それは出産、そしてそれに先立つもの、つまり性交、そして性交に先立つもの、つまり誘惑、すなわち接吻、風に漂う髪、仕立てのいいパンティー、ブラジャー、それから人々に性交の能力を授けるもの、つまり食物、といっても仰々しい料理なんかじゃない、そんなものはもうだれも喜ばなくなっている、そうじゃなくてみんなが買う食物、それから食物とともに排便です。なぜなら、ねえ、奥さん、ぼくの大好きな美しい奥さん、ぼくらの職業においてトイレットペーパーとおむつの称賛がどれほど大きな場所を占めているかご存じでしょう。トイレットペーパー、おむつ、洗剤、食物、それこそ人間の聖なる環なのです。だから、ぼくらの使命とはその環を発見し、把握し、確定することだけではなく、その環を美しくしてやり、歌に変えてやることなのです。ぼくらの影響力のおかげで、トイレットペーパーがほとんどピンク色だけになっているでしょう。これはじつに教訓的な事実です。ねえ、ぼくの親愛なる、心配そうな奥さん、その事実をよくお考えになってはいかがですか。

——でも、それでは悲惨、悲惨ですわ」と婦人が言ったが、その声は強姦された女の悲鳴のように震えていた。「それではお化粧した悲惨ではありませんか！　あたくしたち、悲惨のお化粧係なんですの！

——そう、まさしく」とルロワは言ったが、シャンタルはその「まさしく」に、彼がこの上品な婦人の悲鳴から引き出している快楽をきく思いがした。

「でも、そうだとしたら、人生の崇高さはどこにあるんですの？　もし食物、性交、トイレットペーパーしかない運命なら、あたくしたちはいったい、なんなのでしょうか？そしてもし、それだけしかできないのだとしたら、よく言われるように、あたくしたちが自由な存在だという事実から、どんな誇りを引き出せるんですか？」

シャンタルはその婦人を見て、このひとなら乱交パーティーの恰好の犠牲者になるだろうと思った。彼女は想像した、この婦人が服を脱がされ、老いた上品な体を縛られ、嘆くような大声で、素朴な真実をくりかえさせられる一方で、そのまえでみなが交わり、見せびらかすのを……。

ルロワがシャンタルのそんな空想を中断させた。「自由？　あなたの悲惨を生きながら、あなたは不幸にも幸福にもなれるんですよ。あなたの自由はその選択のなかにあるのです。俗衆の鍋のなかに敗北感を抱いて自分の個性を溶かすか、あるいは幸福感を抱いて溶かすか、それがあなたの自由なのです。親愛なる奥さん、私たちは幸福感のほうを選ぶんですよ」

シャンタルは自分の顔に笑みが浮かぶのを感じ、ルロワがいま言ったことをよく覚えておいた。私たちの唯一の自由とは、苦渋と快楽とのあいだの選択なのだ。すべてが無意味だというのが私たちの定めなのだから、それを欠陥として担うのではなく、楽しむ術（すべ）を学ばねばならない。彼女はルロワの非情な顔、そこから発する、倒錯していながらも魅力的な知性を眺めた。彼女は共感をもって、しかし欲望をもたずに彼を眺め、（まるで先ほどの夢想を手で払いのけるように）彼はずっとまえから自分の男性能力をすべてこの鋭利な論理の力、部下たちに行使するこの権威に変えてしまっているのだと思った。彼女は列車から降りるときのことを想像した。ルロワが彼を崇拝している婦人を言葉で脅えさせつづける一方で、彼女のほうはこっそり電話ボックスのなかに紛れ込み、そのあとでみんなから逃れてしまうのを。

44

日本人たち、アメリカ人たち、スペイン人たち、ロシア人たち、みんなが首のまわりにカメラをかけて列車の外に出るが、ジャン＝マルクはシャンタルを見失わないように努める。幅広い人波が突然狭くなり、エスカレーターでプラットホームのしたに消える。エスカレーターの下方のホールで、撮影カメラをもった男たちが駆け寄り、そのあとに一群の野次馬たちがついてきて彼の道を塞ぐ。列車の乗客は立ちどまらざるをえない。拍手喝采と叫び声がきこえる一方で、子供たちが横階段から降りてくる。彼らは全員頭にヘルメットを、まるでなにかのスポーツチーム、オートバイあるいはスキーの小さな走行者たちのようにさまざまな色のヘルメットを被っている。彼らが撮影しているのはその子供たちなのだ。ジャン＝マルクは爪先で立って、人々の頭越しにシャンタルの姿をかいま見ようとする。やっと、彼女が見える。彼女は子供たちの縦隊の反対側の電話ボックスにいて、受話器を耳に当てて話している。ジャン＝マルクがなんとしても道を切り開こうとして、ひとりのカメラマンを突き飛ばすと、カメラマンは怒って蹴とばす。ジャン＝マルクがその男を小突くと、男はあやうくカメラを落としそうになる。警官が近づいてきて、撮影が終わるのを待つようにとジャン＝マルクに命じる。そのとき一、二秒のあいだ、彼の眼が電話ボックスを出ようとしているシャンタルの視線と出会う。彼はふたたび群衆をかきわけて横切ろうと突き進む。警官が彼の腕をねじあげ、その組み手があまりにも痛いので、ジャン＝マルクは体をふたつに折ってシャンタルを見失ってしまう。

ヘルメットを被った最後の子供が通り過ぎると、そこでやっと、巡査が摑んだ腕をゆるめ、彼を放してくれる。彼は電話ボックスのほうを見るが、空っぽだ。そばにフランス人のグループが立ちどまっている。彼はそれがシャンタルの同僚たちだと気づく。「シャンタルはどこにいるんですか？」と、彼はひとりの娘に尋ねる。

彼女は非難するような口調で答える。「あなたのほうこそ知っているはずでしょう！彼女、じつに機嫌がよかったんですよ！　でも、列車から降りると、消えてしまっていたんです！」

もうひとりの、ずっと太った女が苛立って、「あたし、あなたを列車のなかで見たわよ。合図してたわね。あたし全部見たんだから。あなたがなにもかも台なしにしたんだわ」

ルロワの声がふたりをさえぎって、「行こう！」

娘が尋ねる。「でも、シャンタルは？

——彼女は住所を知っているよ。

——このかたも、と指輪に覆われた指の上品な婦人が言う。彼女を捜していらっしゃるんです」

ジャン＝マルクは自分がルロワを見知っているように、ルロワも自分を知っているのをよく承知している。彼はルロワに言う。「こんにちは。

——こんにちは」と、ルロワは答えて微笑む。「あなたが闘っておられるのを見ましたよ。多勢においとりで」

ジャン＝マルクはその声に好意を感じる。現在身を置いている窮状では、その好意を差し出された手のように快く受け入れたい。それは一瞬友情を、互いに知らないのに、突然の好意という喜びだけのために相互に助け合う気持ちになる、ふたりの男の友情を約束する火花のようだ。まるで昔の美しい夢が彼のほうに降りてきたとでもいうように。

彼は信頼して言う。「あなたがたのホテルの名前を教えていただけませんか。シャンタルが着いているかどうか電話したいんですが」

ルロワは黙り、それから尋ねる。「彼女はあなたに教えなかったんですか？

——ええ。

——そういうことなら、申し訳ありませんが」と、彼はほとんど後悔するように丁寧に言う。「ぼくのほうから教えるわけにはゆきませんね」

火花は消え、落ちてしまった。そしてジャン＝マルクは急に、巡査に摑まれて挫傷した肩に痛みを感じた。彼はひとりになって駅を出た。どこに行ってよいのかわからないので、行き当たりばったりに歩き出した。

彼は歩きながら、ポケットから紙幣を取り出し、もう一度数える。帰りの旅費には充分だが、それ以上の分はまったくない。もしいま決心すれば、ただちに帰ることができ、今晩パリにいることだろう。疑いもなく、それがもっとも理性的な解決にはちがいない。おれはここでなにをするのか？ なにもすることがない。しかしそれでも、おれは出発できない。出発する決心はけっしてつかないだろう。シャンタルがいるかぎり、おれはロンドンを離れるわけにはゆかないのだ。

しかし、おれは帰りの旅費のためにこの金をとっておかねばならないのだから、ホテルに泊まることもできないし、食べることもできない、サンドイッチひとつだって。どこで寝るのか？ 突然彼は、シャンタルに話していた真実、つまり自分がもっとも深い性向によってはみ出し者、たしかに安楽に生活してきたとはいえ、それはただまったく不確実で一時的な状況のおかげにすぎない、はみ出し者なのだと知る。おれは一挙に、あるがままのおれになり、おれが属していた者たちのあいだに送り返されたんだ。孤立無援の境遇を保護してくれる屋根もない、哀れな者たちのあいだに。

彼はシャンタルとの議論を思い出し、ほらね、やっとぼくが正しかったことが、あれはごまかしなんかじゃなかったことが、ぼくがほんとうにあるがままのぼく、つまりはみ出し者、宿なし、浮浪者だとわかっただろうと言うためにだけ、眼のまえにいてほしいという子供じみた欲求を覚える。

45

夜の帳が降りてきて、空気が冷たくなった。彼は一方が家々の列に、もう一方が黒いペンキ塗りの格子に囲まれている公園沿いの通りに行った。その公園沿いの歩道に、木製のベンチがあった。彼はそこにすわった。とても疲れているのを感じ、腰掛けに脚を置いて、長々と横たわりたくなった。彼は思った、きっとこんなふうにそれは始まるんだろうな、と。ある日、ベンチの腰掛けに脚を置く。やがて夜になる。すると、そこで眠る。そんなふうにある日、ひとは浮浪者たちの仲間入りをし、彼らの一員になるんだろうな。

だからこそ彼は、全力を振り絞って疲労感を抑え、教室の優等生のように、じつに真っ直ぐ背を伸ばしてすわっていた。彼のうしろには木々が、まえの車道の向こう側には家々があった。その家々はいずれも白い三階建てで、入口のまえに二本の円柱、各階に四つの窓があった。彼は人通りのないその街路の通行者を一人ひとり注意深く眺め、シャンタルが見えるまでそこにいようと決心した。待つこと、それだけが彼女のために、ふたりのためにできることなのだ。

突然、三十メートルほど離れた右手で、一軒の家のすべての窓に明かりが灯り、なかのだれかが赤いカーテンを引く。なにかのパーティーに社交仲間たちが集まったのだろうと思うが、それまでだれもなかに入っていかなかったことに彼は驚く。彼らは全員、ずっとまえからそこにいて、ちょうどいま明かりをつけたんだろうか？　あるいは、おれは知らぬまに眠り込んでしまい、彼らが到着するのを見なかったのか？　ああ、しまった。眠っているあいだに、シャンタルを見逃したんだとしたら？　たちまち、いかがわしい乱交パーティーという考えが彼を驚愕させる。「なぜロンドンだか、あなたはよく知っているんでしょう」という言葉がきこえる。そしてこの「あなたはよく知っているんでしょう」がいきなり、まったく別の光のもとに現れてくる。ロンドン、それはイギリス人、ブリテン人、ブリタニキュスの街だ。彼女が駅から電話していたのは彼なのだし、ルロワ、同僚たち、彼らみんなから逃げたのも彼のためだったんだ。

とてつもなく苦しい嫉妬が彼を捕らえる。それは開いた衣裳簞笥のまえで、シャンタルにはおれを裏切る能力があるのだろうかと、まったく理論上の疑問を抱いていたときに覚えた、頭のなかだけの抽象的な嫉妬ではなく、青春時代に経験したような嫉妬、体を刺し貫き、痛めつける、耐えがたい嫉妬だ。彼は従順に、献身的に他人に身を任せるシャンタルを想像し、もうじっとしていられなくなる。立ちあがり、その家のほうに走る。真っ白なそのドアはランタンに照らされている。ノブをまわすとドアが開き、なかに入る。赤い絨毯の階段が見え、うえにいる人々の声がきこえる。彼は階段を昇って二階の大きな踊り場に達する。踊り場には横幅いっぱいにハンガーが置いてあり、外套、それに（これが新たな心の打撃だ）女のドレスと男のワイシャツが吊るされている。かっとなった彼は、それらの衣類をかきわけて進み、やはり白い両開きの大きなドアのところに達すると、ずしりとした手が痛い肩に襲いかかる。彼は振り返り、ティーシャツ姿で腕に入れ墨をし、英語で話している屈強な男の息を頬に感じる。

だんだん彼を痛めつけ、階段のほうに押し返すその手を彼は振り払おうとする。階段で抵抗しようとしてバランスを失い、すんでのところで手すりにしがみつく。彼は降参し、ゆっくり階段を降りるが、入れ墨の男が追いかけてくる。そして、ジャン＝マルクがよろめきながらドアのまえで立ちどまると、英語でなにごとか叫び、腕を振りあげ、外に出るよう命ずる。

46

乱交パーティーのイメージはずっとまえから、混乱した夢、想像の世界、さらにはずっと昔のある日、こんなことを言ったジャン＝マルクとの会話のなかにさえ彼女につきまとっていた。きみと一緒にそんな集まりに出てみたいが、ひとつだけ条件がある。それは享楽の瞬間に参加者それぞれが、ある者は牝羊（めひつじ）に、ある者は牝牛に、ある者は山羊（やぎ）にといったふうに動物に変身し、その結果、ディオニュソスの乱痴気騒ぎが、獣たちのあいだでぼくたちだけが羊飼いと羊飼い娘として残る牧歌になってしまうことだ。その牧歌的な空想は彼女を面白がらせた。乱交パーティー参加者たちは、自分たちが牝牛に変えられて立ち去るのだとはつゆ知らず、哀れにも悪徳の家に急ぐのだから。

彼女は裸の人々に囲まれ、いまは人間より牝羊のほうがよいと思える瞬間だ。もうだれも見たくなくなり、眼を閉じる。しかし、瞼のうしろにはあいかわらず彼らが、立ちあがったり縮んだりし、大きかったり小さかったりする彼らの生殖器官が見える。それはみみずたちが立ちあがり、曲がり、くねり、地面に落下している畑のような印象をあたえる。やがてみみずではなく、蛇が見えてくる。彼女はむかむかするが、あいかわらず興奮している。ただその興奮はもう一度セックスしたい気にはさせず、逆に興奮すればするほど、ますますその興奮にむかむかしてくる。その興奮は自分の体が自分のものではなくなり、この浅ましい畑、このみみずと蛇たちの畑のものになっているのだと彼女に理解させる。

彼女は眼を開く。隣の部屋から、ひとりの女がやってくる。女は大きく開かれたドアのところで立ちどまり、まるでそんな男たちの愚行、みみずたちの世界から引き離してやりたいとでもいうように、誘惑の眼差しで彼女をじろじろと見る。女は大柄のすばらしい骨格をし、美しい顔のまわりにブロンドの髪を巻きつけている。シャンタルがまさにその無言の誘いに応じようとする瞬間、ブロンド女は唇を丸くして、唾液を出してみせる。シャンタルには、その口が強力な拡大鏡によって大きくされたように見える。唾液は白く、小さな気泡がいっぱいある。女はまるでシャンタルの気を惹いて、優しく濡れた接吻をし、互いに溶け合いましょうと約束したいとでもいうように、その唾液の泡を出したり引っこめたりしている。

玉になり、震え、唇のうえにしみ出す唾液を眺めているうちに、シャンタルの不快感が吐き気になる。彼女は振り返って、こっそり逃げだそうとする。しかし、背後からブロンド女が彼女の手を摑む。シャンタルはその手を振り払い、数歩進んで逃げる。ふたたびブロンド女の手を体に感じて駆け出す。迫害するその女の呼吸がきこえる。女はきっと彼女の逃走をエロティックな戯れだと勘違いしたのだろう。彼女は罠に嵌まってしまった。逃れようとすればするほど、ますますブロンド女を興奮させ、それが他の迫害者たちを引き寄せ、その迫害者たちが獲物を追うように追いかけてくるのだから。

彼女は廊下にゆくが、背後に足音がきこえる。追いかけてくる者たちの体にひどくむかつき、その不快感がたちまち恐怖に変ずる。彼女はまるで自分の生命を救わねばならないとでもいうように走る。廊下は長く、開いたドアのところで終わっているが、そのドアはタイル張りの小部屋に通じている。小部屋の片隅にひとつのドアがあり、彼女はそのドアを開けて後ろ手で閉める。

暗闇のなかで、彼女は壁にもたれかかって息をつぐ。それから、ドアのまわりを手探りして明かりを灯す。それは物置で、掃除機、箒(ほうき)、雑巾などがある。そして床の布巾の山のうえに、球のように円くなった犬が一匹いる。もう外からどんな音もきこえなくなり、たぶんやっと動物たちの時になったので、あたしは救われたのだと思う。彼女は大きな声で犬に尋ねる、「あなたはあれらの男たちの、だれの変身なの？」

彼女は自分の言ったことに突然驚く。ああ、いったい、と自問する。乱交パーティーの終わりに人々が動物に変身してしまうという考えは、どこからきたのかしら？

不思議だ。その考えがどこからきたのか、彼女はもうまったくわからないのだ。記憶のなかを捜してみるが、なにも見つからない。彼女はただ、どんな具体的な想い出も惹起しない甘美な感覚を、遠くからやってきた救いのように謎めいていて、なんとも説明できない幸福な感覚を覚える。

いきなり、乱暴にドアが開かれる。緑のシャツを着た小柄の黒人女が入ってきた。彼女は驚きもせず、短く侮蔑的な視線をシャンタルに投げる。シャンタルは一歩脇に退いて、黒人女が大きな掃除機をとって外に出てゆけるようにしてやる。その結果、彼女は犬に近づいたのだが、犬は牙をむいて唸(うな)る。ふたたび恐怖に捕らえられ、彼女は外に出る。

47

彼女は廊下にいて、ただひとつのことしか考えていなかった。自分の着ていたものをハンガーに吊るしておいた、あの踊り場を見つけることだ。しかし、ノブを回すと、ドアはいずれも鍵で閉められていた。やっと彼女は、開いていた大きなドアからサロンに入った。サロンは奇怪なほど大きく、空っぽに思えた。そこではもう、緑のシャツの黒人女が大きな掃除機を使って仕事に取りかかっていた。この晩に集まった者たちのうち、数人の男たちしか残っていなくて、立ったまま小声で会話をしていた。彼らはきちんと服を着て、シャンタルには少しも注意を払わなかった。彼女は急に場違いになった自分の裸に気づき、おずおずと彼らを観察した。白いガウンにスリッパの、七十歳ほどの別の男が彼らのほうに行って話しかけた。

彼女は頭をしぼって、どこから外に出られるのか見つけようとしたが、しかし雰囲気が一変し、思いがけずひともいなくなってしまっていたので、部屋の配置はすっかり変貌してしまったように思え、自分がいる場所の見当さえつかなかった。ブロンド女に口の唾液で誘惑されそうになった隣の部屋のドアが大きく開いているのが見えた。彼女はそこを通ったが、部屋は空っぽだった。立ちどまってドアを捜したが、ひとつもなかった。

彼女はサロンにもどった。すると、いつの間にか男たちが立ち去っているのに気がついた。どうしてあたしは、もっと注意深くしていなかったんだろう？　彼らのあとについてゆけたかもしれないのに！　ガウン姿の七十男がひとり残っていた。ふたりの視線が出会い、彼女は彼だとわかった。突然の信頼感に気分が高揚し、彼のほうに向かった。
「あたし、あなたに電話しました。覚えていらっしゃるでしょう？　あなたは来るようにとおっしゃいました。でも、あたしが着いたら、あなたが見つからなかったんです！

——知っている、知っているとも、申し訳なかった。わたしはもう、あんな児戯なんぞに加わらなくなっているんだよ」と、彼は愛想こそいいものの、彼女には注意を払わずに言った。彼は窓のほうにゆき、ひとつひとつ開けた。強い風がサロンを吹き抜けた。
「あたし、知っているひとに会えてとっても嬉しいんです、とシャンタルは興奮して言った。

——この悪臭をすっかり追い出してしまわなくては。

——おっしゃってください、どうすれば踊り場が見つかるんですか。あたし、持ち物を全部あそこに置いてきたんです。

——辛抱なさい」と、彼は言ってサロンの片隅のほうに行った。そこには、忘れられたように椅子がひとつあった。彼はその椅子をもってきて、「おかけなさい。手がすいたら、すぐにあなたのお相手をしましょう」

椅子はサロンの中央に置かれている。従順に、彼女はすわる。七十男は黒人女のほうにゆき、一緒に別の部屋に消える。今度はそこで掃除機が轟音を立てる。その騒音をとおして、命令を下している七十男の声、それからハンマーを打つ音がきこえてくる。ハンマー？　彼女は驚く。だれがここでハンマーを使って働いているんだろうか？　あたしはだれも見かけなかったわ！　だれかがやってきたにちがいない！　でも、どこから入ったのかしら？

風が通って、窓のそばの赤いカーテンを巻きあげる。椅子のうえに裸でいるシャンタルは寒くなる。さらにもう一度、ハンマーの音がきこえると、彼女はやっと理解し、ぎくっとなる。彼らはドアに釘を打ちつけているんだ！　あたしはもう二度とここから出られないんだ！　途方もない危険の感覚に充たされる。彼女は椅子から立ちあがって、三、四歩進むが、どこに行けばいいのかわからずに立ちどまる。助けて、と叫びたいけれども、いったいだれが助けてくれるというのか？　そんな極度の不安の瞬間、彼女のほうにやってこようと、群衆と闘っているひとりの男のイメージが立ち帰ってくる。だれかがその男の腕を背後からねじあげている。彼女にはその男の顔が見えず、かがみこんだその体だけが見える。ああ、どうしても、もう少しはっきりその男のことを思い出し、顔立ちを想い起こしたいのに、どうしてもできない。それが自分を愛してくれる男だということだけはわかっているが、さしあたってそれだけが唯一大切なことなのだ。この街で彼を見たのだから、遠くにいるはずはない。できるだけ早く彼を見つけたい。でも、どうやって？ ドアは釘づけにされている！ やがて彼女に、窓のそばに漂っている赤いカーテンが見える。窓だ！ 窓は開いている！ あたしは窓のほうに行かねばならない！ 通りに向かって叫んでやらねばならない！ もし窓がそんなに高くなければ、外に飛び出すことだってできるかもしれない。またしても、ハンマーの音がきこえる。それから、もう一度。いまか、手遅れになるかのどちらかなんだ。時間はあたしに不利に働いているんだ。これがあたしが行動できる最後の機会なんだ。

48

ふたつの街灯がとても離れているので、そのあいだに残された暗闇のなかでほとんど見えないベンチのほうに、彼はもどった。

すわろうとすると、怒号がきこえた。彼は思わず飛びあがった。いつの間にかベンチを占領していた男に罵られたのだ。彼は抗議もせずに立ち去った。これでいい、と思った、これがおれの新しい身分なのだ。自分が寝る小さな片隅のためにさえ、おれは闘わねばならなくなったのだ。

彼は車道の反対側に立ちどまった。そこから正面に、二分まえに追い出された家の白いドアを二本の柱のあいだに吊り下げられたランタンが照らしているのが見えた。彼は歩道にすわって、公園を取り囲んでいる格子に背をもたせかけた。

やがて、こぬか雨が降り出した。彼は上着の襟を立ててその家を観察した。

いきなり、窓がひとつひとつ開く。脇に退けられていた赤のカーテンがそよ風に漂い、照らされた白い天井を見せる。これはどういうことなのか？　パーティーが終わったのか？　しかし、だれひとり外に出てこなかったではないか！

数分まえには嫉妬の火にあぶられていたのに、いまの彼はただ恐怖しか、シャンタルのために、ただ恐怖しか感じていない。彼女のためにはなんでもしてやりたいが、なにをしていいのかわからない。そして耐えがたいのは、まさにそのことなのだ。どうしたら彼女を助けられるのかわからないのに、彼女を助けられるのは彼だけなのだ。彼、彼だけなのだ。というのも、彼女にはこの世に他のだれも、この世のどこにも他のだれもいないのだから。

彼は顔を涙で濡らして立ちあがり、その家のほうに数歩進んで彼女の名前を叫ぶ。

49

七十男はもうひとつの椅子をもって、シャンタルのまえに立ちどまる。「あなたはどこにいらっしゃりたいのかな？」

驚いて正面の彼を見るが、ちょうどそんな大混乱の瞬間、強烈なのぼせの波が体の奥底から立ちのぼってきて、彼女の腹に、胸にあふれ、顔を覆う。彼女は炎に包まれる。彼女は真っ裸で、真っ赤になり、体に注がれる男の視線がほてっている裸体の部分をひとつひとつ実感させる。彼女はまるで隠したいとでもいうように、無意識の仕種で胸に手をもっていく。体の内部の炎が、たちまち勇気と反抗とを燃やし尽くしてしまう。突然、彼女は自分の疲れを感じる。突然、自分の弱さを感じる。

彼は彼女の腕をとって椅子のほうに連れてゆき、彼女のちょうどまえに自分の椅子を置く。彼らは空っぽのサロンの真ん中に、ふたりきりで向かい合い、互いの近くにすわっている。

冷たい風が汗びっしょりのシャンタルの体を撫でる。彼女は身震いし、か細く、懇願するような声で尋ねる。「ここから出ることが、できないのでしょうか?

——では、どうしてあなたはわたしと一緒にいたくないのかな、アンヌ?」と、彼は咎めるような口調で尋ねる。

「アンヌ?」彼女は恐怖のあまり身が凍る。「どうしてあたしをアンヌと呼ぶんですか?

——それがあなたの名前でしょう?

——あたしはアンヌじゃありません!

——しかし、わたしはずっと、アンヌという名前であなたのことを知っているんですがねえ!」

隣の部屋から、またハンマーの音が何度かきこえてくる。彼は口出しするのをためっているかのように、その方向に頭をむける。彼女はその孤独の瞬間をとらえて、理解しようとする。あたしは裸だ! それなのに彼らはあたしを脱がせつづけるんだ! あたしからあたしの自我を脱がせるんだ! あたしの運命を脱がせるんだ! 彼らはあたしに別の名前をあたえたあと、見知らぬ人たちのあいだにあたしを捨ててしまうだろう。あたしはその人たちに、自分がだれかということをけっして説明できないだろう。

彼女はもう、ここから外に出るのを期待していない。ドアは釘づけにされている。謙虚に最初からはじめねばならない。最初とは彼女の名前だ。彼女はまず、不可欠な最低限のことととして、眼前の男に自分の名前、自分のほんとうの名前で呼んでもらうようにしなければならない。それが彼女が彼に求める最初のことだ。ぜひそう要求しなければならない。しかし、彼女がその目的を自分に厳命するかしないかのうちに、心のなかで自分の名前が釘づけにされたようになっているのに気づく。自分の名前を思い出せないのだ。

それが彼女のパニックに追いうちをかける。命がかかっているのだから、自分を護るため、闘うために、ぜひとも冷静さを保たねばならないのはわかっている。彼女は懸命に精神を集中して思い出そうとする。あたしは三つの、そう三つの洗礼名をあたえられたのに、そのうちの一つしか使っていなかった。それはわかっている。しかし、その三つの名前がどういう名前で、そのどれをあたしは取っておいたんだろう？　ああ、あたしは何千回もその名前をきいたはずなのに！

ふたたび、彼女を愛していた男という考えが現れる。もし彼がここにいたら、あたしの名前であたしを呼んでくれるのに。もしあたしが彼の顔を思い出せれば、たぶんあたしの名前を発音するその口を想像できるかもしれない。彼女にはそれがよい手掛かりかもしれないと思える。その男を介して自分の名前に到達することが。彼女はその男を想像しようとする。すると、ふたたび群衆の真ん中で奮闘している人影が見える。それはかすかで、逃げ去るようなイメージだ。彼女はそのイメージを持続させようと、持続させて深めようと、それを過去のほうに広げようとする。彼はどこから来たんだろうか、あの男は？　どうして群衆のなかにいたんだろう？　なぜ闘っていたんだろう？

その想い出を広げようとしていると、別荘のある大きな庭が見え、そこの大勢の人々のなかに小柄で、ひ弱な男を見分ける。そしてその男とのあいだに子供が、死んだということを除いては、なにも知らない子供がいたことを思い出す……。

「あなたはなにに没頭しておられたのですか、アンヌ？」

顔をあげると、まえに椅子を置いて彼女を眺めている年配の男が見える。

「あたしの子供は死んだんです」と、彼女は言う。その想い出はあまりにも弱々しい。だからこそ、彼女はそのことを大きな声で言うのだ。そのことで、その想い出がもっと現実になるのだと思う。そのことで、自分から逃れ去ってゆく生の切れ端のような、その想い出を引きとどめられるのだと思う。

彼は彼女のほうに身をかがめて手を取り、励ましにみちた声でゆっくりと言う。「アンヌ、あなたの子供のことは忘れなさい、死者たちのことは忘れなさい、生のことを考えるのです！」

彼は彼女に微笑む。それから、なにか無限の、崇高なものを指し示したいとでもいうように手を大きく動かし、「生です！　生です、アンヌ、生ですよ！」

その微笑とその動作が彼女を激しい恐怖で充たす。彼女は立ちあがる。震える。彼女の声が震える。「どんな生ですか？　あなたはなにを生と呼んでいるんですか？」

彼女が考えもせずに発したばかりのその質問は、別の質問を呼ぶ。そして、もしこれがすでに死だったとすれば？　もしこれこそが死なのだとすれば？

彼女が椅子を投げると、椅子はサロンを転がって壁にぶち当たる。彼女は叫びたいが、どんな言葉も見つからない。長く、不明瞭なアアアアアという声が、彼女の口からあふれ出す。

50

「シャンタル！　シャンタル！　シャンタル！」

彼は叫び声に揺すられた彼女の体を腕に抱き締める。

「目を覚ますんだ！　これは現実じゃないんだ！」

彼女は彼の腕のなかで震えていた。そして彼はさらに何度も、これは現実じゃないんだと言った。

彼女は彼のあとでくりかえした。「いいえ、これは現実じゃない、現実じゃない」。それから彼女はゆっくり、とてもゆっくりと落ちついていった。

そして私は自問する。だれが夢を見たのか？　だれがこの物語を夢みたのか？　だれが想像したのか？　彼女か？　彼か？　ふたりともか？　それぞれが相手のために？　だれがまた、どの瞬間から現実生活がこんなにも不実な狂想に変じたのか？　列車が英仏海峡のしたに入ったときか？　もっと早く、彼女がロンドンに出発すると彼に告げた朝か？さらにもっと早く、筆跡鑑定事務所で、彼女がノルマンディーのカフェのボーイに出会ったあの日か？　あるいはもっと早く、ジャン＝マルクが彼女に最初の手紙を送ったときか？　しかし、彼はほんとうに送ったのだろうか、あの手紙を？　それとも彼は、ただ自分の想像のなかで書いただけなのか？　現実が非現実に、実在が夢想に変じた正確な瞬間とは、どういう瞬間なのか？　どこに境界があったのか？　どこに境界があるのか？

51

私には、枕元の小さなランプの光に照らされたふたつの頭が横から見える。ジャン＝マルクの頭は枕にうなじをもたせかけている。そしてシャンタルの頭は彼のうえ、十センチほどのところにかがみこんでいる。

彼女が言った。「あたしはもうあなたから眼を離さない。ずっとあなたを見ているわ」

それから、しばらく間を置いて、「あたし、まばたきするときが怖いの。あたしの眼差しが消えるその瞬間に、あなたの代わりに蛇、鼠、別の男が紛れ込んでくるのが怖いの」

彼は唇で彼女に触れようとやや体をもちあげた。

彼女は頭を振った。「いいの、あたしはあなたを見ていたいだけなの」

それから、「あたしはランプをつけたままにしておくわ、夜中ずっと。くる夜もくる夜もずっと」

本書は、一九九七年十月、集英社より刊行された『ほんとうの私』を
文庫化にあたり、『ほんとうの自分』と改題したものです。

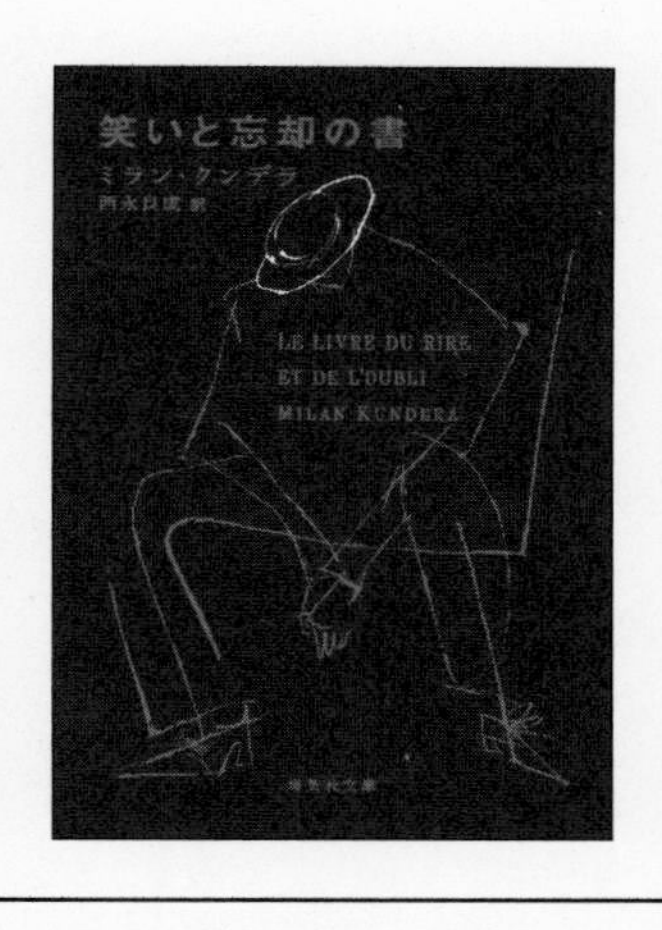
笑いと忘却の書
ミラン・クンデラ
西永良成 訳
LE LIVRE DU RIRE
ET DE L'OUBLI
MILAN KUNDERA

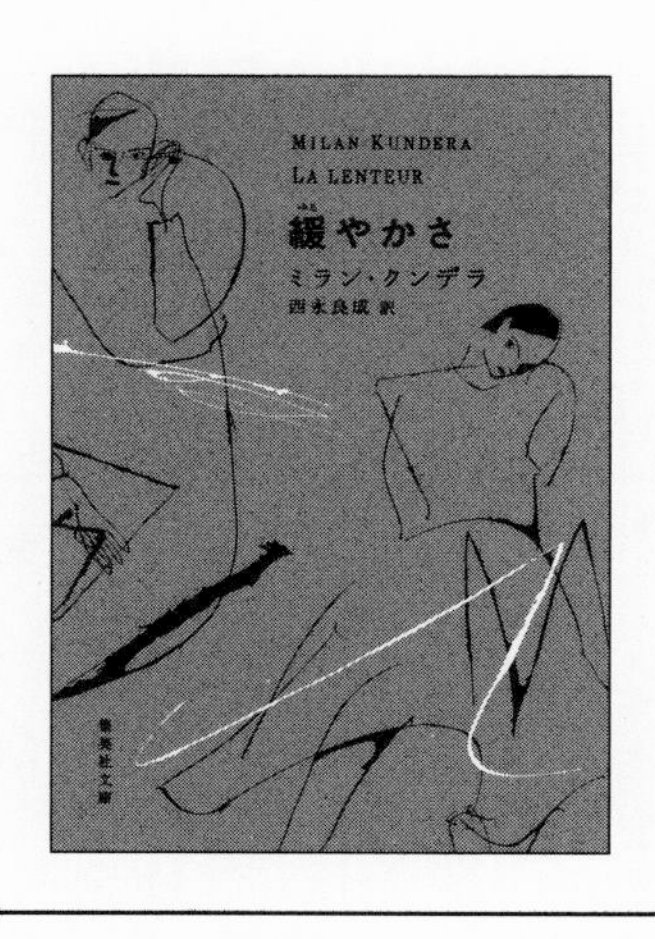

●集英社文庫

緩やかさ

ミラン・クンデラ　西永良成＝訳

20世紀末。パリ郊外の城に車で向かう作家夫妻。速さに取りつかれた周囲の車はまるで猛禽のようだ。作家は18世紀の小説に描かれた、ある貴婦人と騎士の城での逢瀬に思いを馳せる。——ふたつの世紀のヨーロッパの精神を、軽やかに、哲学的に描く、クンデラ初のフランス語執筆による小説。

集英社文庫

ほんとうの自分（じぶん）

2024年7月25日　第1刷　　定価はカバーに表示してあります。

著　者　ミラン・クンデラ
訳　者　西永良成（にしながよしなり）
編　集　株式会社 集英社クリエイティブ
東京都千代田区神田神保町2-23-1　〒101-0051
電話　03-3239-3811
発行者　樋口尚也
発行所　株式会社 集英社
東京都千代田区一ツ橋2-5-10　〒101-8050
電話　【編集部】03-3230-6095
【読者係】03-3230-6080
【販売部】03-3230-6393（書店専用）
印　刷　TOPPANクロレ株式会社
製　本　TOPPANクロレ株式会社

フォーマットデザイン　アリヤマデザインストア　　マークデザイン　居山浩二

ISBN978-4-08-760792-5 C0197